九歌一一〇年

童話選

之

現在很珍惜

黃秋芳 主編

九歌童話選

110

年度推薦童話

最後一位朋友

如遇

九歌110年
年度推薦童話
推薦語

主編黃秋芳：

走過疫情混亂，我們遺忘了最珍貴的時間碎片，〈最後一位朋友〉，特別適合此時此地共讀，形塑出屬於我們的集體記憶。死亡在許多文化中經常成為禁忌，也慣與鬼怪、懲罰、地獄等負面聯想連結在一起，難得地，可以透過輕巧的童話，描繪出溫和理解的橋樑，創造出各自的解釋，找出因應方向，學習用微笑面對生離死別的學習課題，在最後的夢中，溫習著人生的美好，放下過去的牽掛，了無遺憾地活在當下，就能真摯而勇敢的走向未來。

110年童話選 目錄

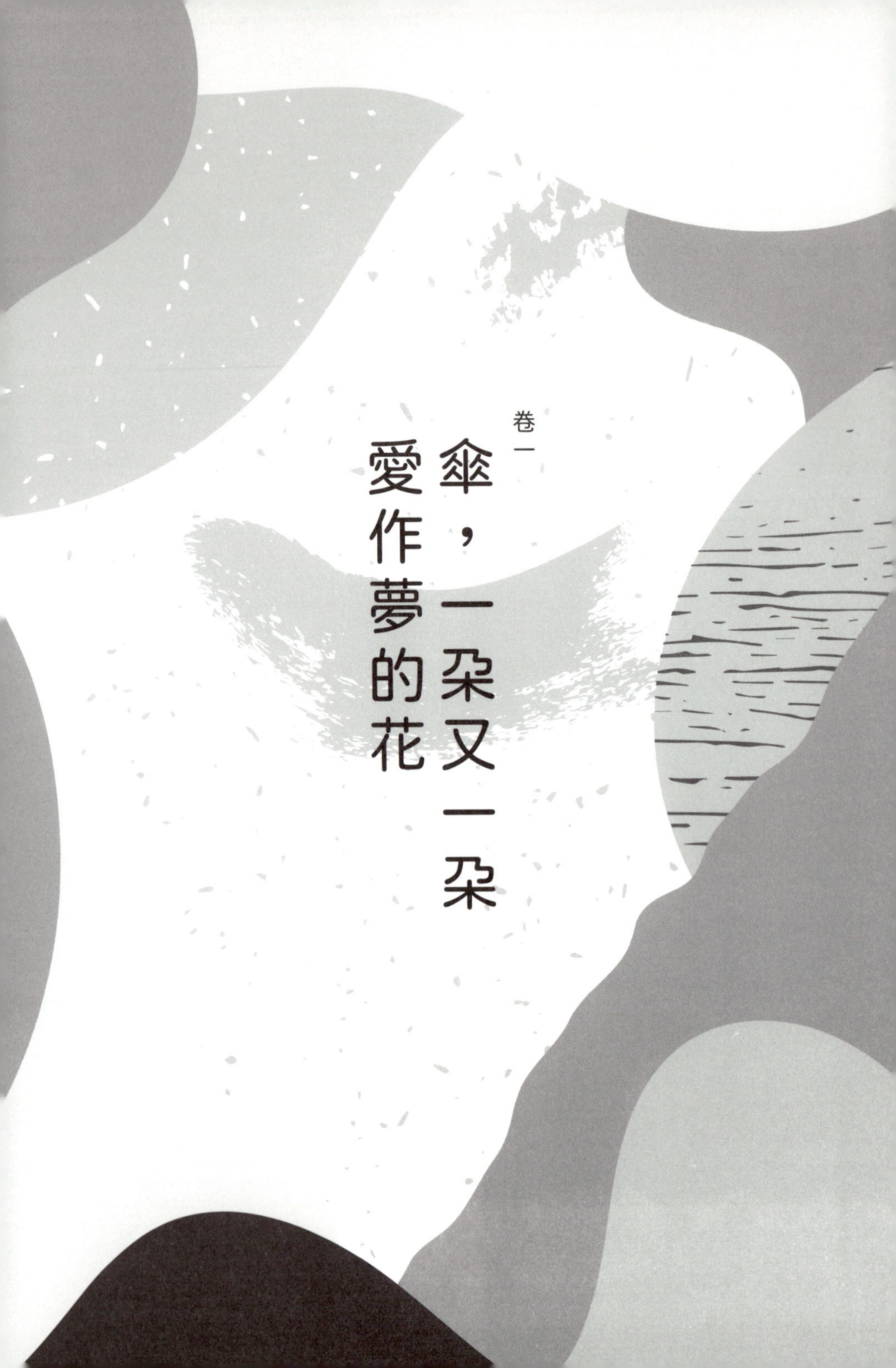

卷一

傘，一朵又一朵
愛作夢的花

離家出走的小毛豆

陳志豪

插畫／李月玲

作者簡介

東海大學環境科學與工程博士，東海大學生態與環境中心助理研究員。鬻字說書維生，然而與作家八竿子打不著邊，平常寫最多的是「應嚴守施工範圍、注意環境擾動、降低不必要干擾…」，嘗試轉譯轉述環境專業知識，並保留其眞實元素。

童話觀

我是三胞胎的爸爸，是當了爸爸後才開始學著怎麼當爸爸，也學著如何用小朋友的角度來重新觀察世界，用小朋友的語言來杜撰給自己的孩子聽。在小朋友的好奇心裡沒有什麼是理所當然的，凡事都得生個故事來聽。於是小毛豆會離家出走然後碰上了穿山甲，而食蛇龜想過馬路時，那十公尺的路程是多麼漫長又急死人的等待。

淺山旁的田裡種了許多毛豆，其中有一個豆莢裡塞了五顆毛豆，毛豆的豆莢是舒服的小床，只是塞了五顆似乎也有點多，最小的小毛豆被擠呀擠的擠到了角落。某一天夜裡小毛豆氣呼呼的跳出豆莢，想要去找另一個它覺得更舒服的床。

跳出豆莢的小毛豆，發現外面的世界好寬廣，它覺得自己這個離家出走的念頭真的是太對了，於是拎著自己的小包包，趁著滿月的月光正亮，它快樂的往山邊去找心目中舒服的床。

走啊走著，眼前出現了一顆大豆子，「真的是豆子嗎？」，對小毛豆而言，只要圓滾滾的球狀，它都覺得是豆子，「這顆大豆子為什麼在抖啊抖的？」小毛豆摸摸大豆子，摸起來的感覺好硬，而且這顆大豆子似乎正在哭泣？

小毛豆拍拍大豆子，「你怎麼了？」它好奇又關心的問著。突然間大豆子整顆攤了開來，原來是一隻穿山甲蜷了起來，小毛豆探頭看了一下，原來這隻穿山甲剛剛是在舔著牠的尾巴，只是牠的尾巴怎麼傷痕累累的？

穿山甲擦了擦眼淚說，「沒事，沒什麼，我只是剛剛被一群狗攻擊了，牠們咬著我的尾巴不放，我只能縮著身體等待牠們放棄繼續攻擊我，你剛來時沒碰到那群狗吧？」這隻穿山甲看起來好友善，自己剛剛才被攻擊，卻關心小毛豆剛剛安不安全。

小毛豆張大了眼睛看著穿山甲的傷口說，「很嚴重呢，你真的沒關係嗎？」

「沒關係的，我們穿山甲就是皮硬，但也

只有皮硬，我們的動作太慢了，碰到危險時只是縮成一球，等待危險過去。」穿山甲說。

「難怪我剛以為你跟我一樣是顆豆子呢？」小毛豆說，「只是為什麼你的身體看起來新舊傷痕都有啊？」

穿山甲抬起頭來看著滿月，瞇起眼睛說，「因為我上個月在路上被一台車撞到了，幸好沒被壓過去，只是我的腳變得怪怪的，原本能好好挖洞躲起來的，現在也不行了。」

穿山甲揮了揮右手，果然有點遲鈍。

「那你可以用另一隻手挖啊！」小毛豆說。

「你說我的左手嗎？」穿山甲聳了聳肩。「咦？你的左手爪子呢？」小豆子沒看到穿山甲的左手，以為是眼花了，揉了揉眼。

「我的左手在上上個月不小心踩到人類的獸夾被夾斷了。」穿山甲看著左手的眼神彷彿它的左手還在。

「那你為什麼不回家，要一直在外面晃盪啊？」小毛豆突然覺得這周圍好像布滿了好多危險。

「我的家啊？」穿山甲用遲鈍的右手指著對面光禿的山坡，「我的家在那，已經被人類把樹砍光，不知道他們打算做什麼用啊。」

穿山甲覺得這顆小毛豆的問題好多，而且牠還是第一次在山裡碰到毛豆，不禁好奇地反問小毛豆，「你呢？你為什麼在這呢？」

小毛豆囁嚅的回答，「我……我離家出走了，我想要去找一個專屬自己舒服的家。」

穿山甲聽了淡淡的嘆了一口氣，「唉，我的家沒了，你還有家，你為什麼不想回家？」

——原載二〇二一年八月二十三日《國語日報週刊》一三七一期

編委的話

・周芯丞：

現在有些孩童，往往為一點小事而離家出走，不過，時代不斷變化，要在社會上生活自立，已經不是那麼的容易，就像小毛豆一樣。有時，既然事情都發生了，就得好好檢討、面對問題，想出解決之道，別讓一時的衝動，因小失大，做出錯誤的決定。

・翁琪評：

小毛豆離家出走，尋找更好的家，卻在路途中巧遇一隻受傷的穿山甲，文中最後的「你還有家，你為什麼不回家？」讓人印象深刻。因為，「家」是每個人生活的地方，當我們把家視為理所當然，隨意離開時，在外頭經歷的風風雨雨，還是會讓我們想回到原本舒適的家，投入最溫暖的懷抱。

・黃若華：

透過他人經歷的感受，回首發現自己擁有的是無價寶藏。當人們真正失去了自己珍視的人事物，才會察覺他們存在的意義和價值。當穿山甲說出：「你為什麼不想回家？」這句話帶來內心強烈的衝擊，讓我們反思自身的想法和行為，是否已經犯了人在福中不知福的錯誤？

・黃秋芳：

簡潔描繪著生活小事，尋常的地景，普通的交會，卻刻畫出宛如生命原型的大視野，幾乎可以擴大成「追尋、失落和回歸」的英雄之旅，讓我們在清淺的敘事水鏡中，照出深不見底的深邃和波動。

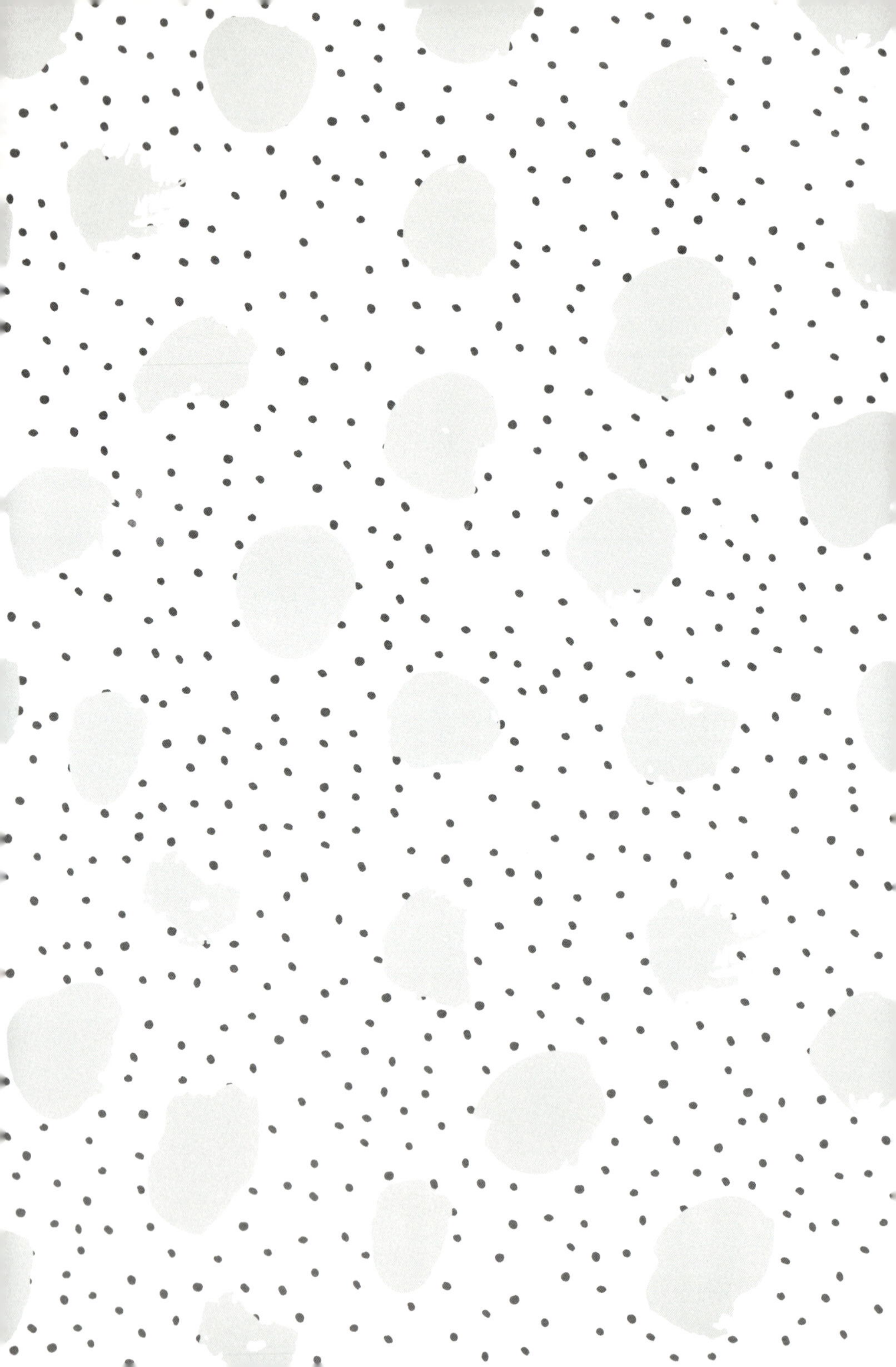

金色毛髮，變！變！變！

林佳儒

插畫／許育榮

作者簡介

認為生命的體驗都是有意義的，愛，在敞開心的時刻，交融。

部落格：「飛梭，時光。」 https://mypaper.pchome.com.tw/theriverin-mymind

故事地圖：「閱讀，遇見心靈。」https://www.facebook.com/icsskimo

乘著聲音的翅膀：https://www.youtube.com/watch?v=v3dltK0Hrc0

童 話 觀

童話，讓想像成眞，彷彿以手指輕輕碰觸，就能伸進空氣中隱微的透明邊界，來到其實一直存在的想像國度。

文字是時光機，在長大好久好久之後，依然能重新感受童心帶來的單純快樂。

大眼妖從鉛筆盒跳出來的時候，小智驚訝望著他。他抬頭看看老師，老師正專心講解著字的筆畫。

小智以手掌輕輕掩住鉛筆盒，試圖心電感應，像是平常畫畫時跟筆下人物安靜說話一樣：「你怎麼跑出來了？我明明把你畫在紙上，被老師發現怎麼辦？」

大眼妖睜著放大的眼睛說：「可是，孫悟空來抓我了，我得趕快逃跑。他拔下猴毛，變出好多縮小鏡，被照到的話，我就消失無蹤了。不行！不行！逃出來比較安全！」

「孫悟空？」小智納悶著，「我又沒畫他？」

「你心想，他就出現啦！」大眼妖插著腰說：「你前兩天是不是覺得當神比較好？可以不用寫功課？」

「是啊！當神的話，就不用上學、不用每天寫考卷，該有多好啊！」

「唉呀呀！所以孫悟空出現啦！先是我遇到他，等一下換你！」

「換我？」話還沒說完，一朵潔白的雲從鉛筆盒邊緣飄出。

「哈哈哈！我乃齊天大聖孫悟空，是誰說想當神啊？」

小智緊張抬頭看看四周，幸好幸好，大家都還沒發現。咦？大家好像都靜止不動，就連老師也抬著拿粉筆的手，定格在黑板前。

難道時間被定住了嗎？

「對！」小小白雲上突然冒出了故事書裡看過的孫悟空，揮著金箍棒神氣的說：「讓時間靜止，也是我的法術之一。小子，想要當神，得要學很多法術哦！要試試看嗎？」

排路隊要搶第一，吃飯要當冠軍，輸人不輸陣的小智挺起胸膛說：「試就試，我才不怕呢！」

「好！我喜歡你的豪氣！走吧！」孫悟空拉著他的衣角，往上一跳。

他突然像被捲入龍捲風，「啊～～～」轉了又轉，頭昏腦脹停在一個雲霧縹緲的地方。

他往下看，軟綿綿的，依稀可以看見下方綠色的青山、蜿蜒的河流……「這是……我在雲上？」

「是啊！哈哈哈，話不多說。先來試試『跳蚤功』。從這朵雲跳到那朵雲！像這樣！」孫悟空像體操選手，在空中劃了一個優美的弧線，在另一朵雲上安全降落。

他比了個「請」的手勢。

「這好高啊！」小智吞了吞口水，「唉，不會怎麼樣，搞不好這是一場夢哩！」他勇敢往上一跳，「咚—咚—咚—」，雲朵像是裝了超級馬達的彈簧墊，把他彈撞到藍色天空頂端，又盪回原來的位置，來回好幾次，轉得他停下來的時候，牙齒還在打顫。

「往前跳～！不是往上哦！」孫悟空好心解釋。

「好！我沒在怕的。」小智彎著膝蓋，手往後擺，準備來個大跳躍。沒想到，跳出去的那一剎那，小小雲朵伸出細細小小的手把他往前一推，「咻—咻—咻—」，他像超人一樣，快速繞了地球三圈，才停在孫悟空的旁邊。

剛剛好像坐雲霄飛車，小智的心跳好快，快要闖出喉嚨了。

「嗯！還不錯，這次至少有跳到正確的雲朵上。」孫悟空搓搓金色毛髮，拔下一根，「來，變變看！隨便變出一個……」

「吹風機！」小智搶答。他也不知道自己為什麼要變吹風機，「吹風機」像是抽獎的彩球一樣，掉出他的腦海。但話才說完，紅色的、藍色的、綠色的、黃色的吹風機通通在空中飄浮，沒插電卻電力充沛的自個兒吹起強勁的風來，他和孫悟空的頭髮像刺蝟一樣往後衝，嘴巴張得大大的，頭不停搖擺。差點就要被風吹走時，孫悟空勉強拔下一根頭髮，變出一支大扇子，把吹風機通通搧走，掉到木星的大紅斑暴風圈。

「呼！幸好幸好。吹風機到那裡，是大展長才。」孫悟空把毛髮撥整齊，又拔下一根，「來！這次變個到深海探險的交通工具，那裡有隻八腳大海怪，已經推翻了好幾艘船，我們要把牠交給天庭警察。」

「好！我來變個『閃電』！」小智好興奮，「哇！閃電『咻！』一下就到了，超

級厲害的！」

「喂喂！」孫悟空來不及阻止，小智已經搭著「閃電」衝到海裡。

「噗吡啪啦！」閃電遇到水，衝出好多泡沫。「危險啊！」孫悟空搶先一步，變出絕緣衣，彈指間穿在小智身上，連頭都套住了。只露出眼睛，從透明的高科技天堂布往外望。

「電遇到水，危險耶！」孫悟空心有餘悸的說。

「但是遇到海怪，很好用啊！」小智搭著N形閃電，衝向八腳海怪。

「噗吡啪啦！」

說也奇怪，大海怪竟然不怕電。

孫悟空變出大網子，把大海怪一網罩住，但牠滑溜滑溜的，一下又溜出來。孫悟空又變出好多三叉戟，「咻！咻！咻！」丟向海怪，但海怪手一揮，三角戟又「咻！咻！咻！」往外飛，絲毫無傷。

孫悟空頭大了，說：「換你吧！變個什麼東西出來！」拔了一根毛，伸長手拿到小智眼前。

小智發現大海怪好像抱著什麼……咦，是娃娃?!「那就變……八個蝴蝶結！」

孫悟空搔搔頭，看見八個巨大的蝴蝶結出現。

「再給我一根毛！」小智手掌伸向孫悟空。

孫悟空拔下一根毛遞給他。

「自動打結器！」小智開心大喊。

憑空出現八雙纖纖玉手，優雅幫大海怪的每一隻腳都打上了蝴蝶結。海面上洶湧的浪平息了，大海怪安靜下來。牠嬌滴滴說：「那些船頭的幸運女神像洋娃娃一樣可愛，但蝴蝶結我更喜歡。」

原來大海怪是女生。

孫悟空趁大海怪還在陶醉，變出縮小鏡，把大海怪變得像一隻小金龜子一樣小。

他拉著小智，坐上筋斗雲，飛回天庭。

「任務完成！」孫悟空鬆了一口氣。心想回家要在頭上灑點肥料，今天的毛髮元氣大傷。「怎麼樣？法術好玩嗎？」他轉頭問小智。

「好玩好玩！我還要玩！」小智高興跳著。

「晚上吧！等你把功課寫完，洗好澡，早點到床上睡覺，在夢裡，我帶你練習練習。」

「蛤？還要寫功課哦？」小智下巴快掉下來了。

「是啊！多學點字，以後可以變更多把戲。像這樣！」孫悟空又拔下一根毛，「飛！」一個大大的飛字，喔不，是兩隻飛鳥拉著一張毯子，飄浮在小智面前。

小智開心跳上毯子，飛鳥拍拍翅膀，很快回到教室。他趁老師和同學都還靜止不動，端正坐好。

大眼妖又回到他剛剛在課本上被畫的位置，小小的孫悟空站在鉛筆盒上，說：

「記住啊！今天早點睡，夢裡我帶你去練法術～倒數計時囉！別穿幫了！」他眨眨眼，「五、四、三、二、一！」轉身消失。

小智望著老師，一副剛才從頭到尾都坐在這裡專心聽課的樣子。

時間恢復了，老師繼續寫著字，「小朋友，我們今天要學習的是『飛』這個字……」老師邊寫，小智眼裡的筆畫，卻在想像中變成了孫悟空的神奇頭毛，在老師的解說聲中，一個個寶物排隊說：「選我！選我！」

他開心笑了，好像天底下最快樂的事，就是——上——課。

——原載二〇二一年十月三日《更生日報・副刊》

編委的話

・周芯丞：

想像力和知識一樣重要，天馬行空的想像力，是我們的法寶。圖案需要無限的想像力，使畫面包羅萬象，生活變得多采多姿。總覺得生活中如果沒有想像力，就是漆黑一片，毫無色彩，想像力彷彿彩色筆，為希望畫出一道彩虹，點亮未來的一盞小燈……

・翁琪評：

悟空居然不像以前那麼莽撞且容易生氣，而是心平氣和的教小智法術，任由他隨意使用自己珍貴的毛髮。看來經過漫長的修煉，原本心浮氣躁的悟空已經能夠控制自己心中的那隻「心猿」，我們是不是也能控制自己呢？

・黃若華：

小智以自己的神奇魔力，開啟在另一個時空的冒險之旅。孫悟空的角色背景和性格變化，為故事增添了頑皮淘氣感，以及更多的不確定性，讓讀者無法預測接下來又會發生什麼奇妙的事？其中大海怪的轉變最令我驚訝，打破怪獸固有的形象，塑造得相當有趣、可愛，閱讀過程極具趣味和驚喜。

‧**黃秋芳：**

結合傳統經典的孫悟空和現代遊戲的神奇寶可夢，藉由創造力，從無奈的綑縛中遁逃出來，穿梭在僅屬於孩子們的「現實義務」和「想像權利」，翻轉現實視角，把「應該做的事」都變成「想要做的事」。

灰姑娘的幸福

鄭玉姍

插畫／劉彤渲

作者簡介

愛讀書、愛演戲、愛創作難以自拔，現為中央警察大學通識中心副教授。

童 話 觀

童話是我最喜愛的創作題材，因為童話總是能乘載最多的單純與眞善美；希望讀者都能從我的童話故事接收到愛、希望、自信與勇氣這些正面能量。

1．婚禮當天

童話王國又要舉行皇室婚禮了！迎親隊伍必經的道路上，早已被爭睹盛況的群眾擠得水洩不通，眾人議論紛紛著：「那個女孩真是太幸運了，聽說她本來只是個負責打掃的女僕，綽號叫做灰姑娘……」、「據說王子在舞會中對她一見鍾情，舞會結束後還派人到處尋訪她……」、「聽說她在舞會中穿了一雙獨一無二的水晶玻璃舞鞋，吸引了王子的目光……」群眾的巷議街談中，充斥著欣羨新娘子由麻雀變鳳凰的好運氣。

不一會兒，帥氣的王子走下了皇宮的台階，他一邊神采飛揚的向圍觀群眾揮手致意，一邊緩緩的坐上了八匹白色駿馬所拉的豪華馬車，由皇家百人樂儀隊風光開道，浩浩蕩蕩的要去迎娶他美麗的新娘，沿途中，民眾都熱情的向馬車拋擲著芬芳的鮮花以表達祝福之意。

很快的，大隊人馬就抵達十分鐘路程外的皇家賓館。然而，原本應該盛裝打扮等候迎娶的新娘子此時卻不見蹤影！偌大的豪華套房裡，只留下一襲華麗的婚紗禮服和那雙熠熠發亮的玻璃舞鞋。

2．婚禮後三天

灰姑娘在婚禮當天無故失蹤的消息震驚了整個童話世界，王子不但派出大隊人馬尋訪灰姑娘的下落，還四處張貼尋人啟事，尋人啟事所用的相片正是灰姑娘的婚紗照，照片中她化著精緻妝容，穿著名家設計的白紗禮服，身上配戴著無數珠寶首飾，美得燦爛耀眼，就像一只精心雕琢過的洋娃娃。

這份尋人啟事還被送到鄰近各國一起協尋，然而灰姑娘並未離開國境，她只是穿回她婚前的粗布衣裳、洗淨妝容後從皇家賓館的後門溜走。這幾天她都自在從容的到處遊走，許多人曾與她錯身而過，卻無人認出她就是尋人啟事上那位光鮮亮麗的王妃。

3．婚禮前一晚

為什麼想要逃婚呢？其實灰姑娘也說不出個所以然來。能夠嫁給王子，從此過著錦衣玉食的生活，這不是無數少女殷殷期盼的夢想嗎？而她從小父母雙亡，豪宅與家產都被繼母霸佔，還被繼母和兩個無血緣關係的姐姐當成女傭使喚，每天忙於打掃、烹飪、縫洗等繁重的家務。現在居然能夠受到王子青睞、從此成為王妃，豈不是更應該珍惜這千載難逢的好運氣嗎？

住在皇家賓館等候王子籌備婚禮的這幾天，她曾找了很多童話故事來看，發現童話幾乎都是結束在「公主嫁給王子，舉行盛大的婚禮，從此過著幸福快樂的生活」。然而，未來那麼漫長的時間裡，真的能保證每天都幸福快樂嗎？「我和王子會不會為了日常瑣事而吵架呢？」「我從來沒有見過王子的母親，她是個好相處的人嗎？我們會不會有婆媳問題呢？」「嫁進皇宮之後，我有行動自由嗎？還是要服從繁瑣的宮規，不能任意行動或發言呢？」

她曾經試圖和王子討論這些疑慮，但王子只是充滿自信的安慰她：「別擔心，童話故事中只要女主角和王子結了婚，未來就一定是幸福快樂的生活，不會有例外的，你只要乖乖陪在我身邊就好了。」

灰姑娘抬起頭望著王子俊美的臉龐，忽然醒悟自己對這個即將要託付終身的對象其實並不熟悉。畢竟他們真正相處的時間僅僅只是舞會那一晚，以及她再次穿上玻璃舞鞋後被簇擁進皇家賓館、等候籌備婚禮的這短短十天而已。相處過程中她只知道他謙恭有禮、個性溫和，她相信王子也一樣不太了解她，她一直不確定王子為何會在舞會中對她一見鍾情，或許王子愛上的並不是真正的她，只是被仙女教母變化出來的華服（或玻璃舞鞋）的光芒所眩惑了而已。

「兩個互不瞭解的人，真的能夠從此過著幸福快樂的生活嗎？」灰姑娘越想越疑惑，她想起自從繼母掌權之後，除了外出採買食材，她幾乎沒有機會離開父親留下的那座宅邸，婚後若住進皇宮、恐怕更不能任意活動了。灰姑娘忽然覺得有點惶恐，她不希望自己一生的活動空間，只是從父親的房子轉移到丈夫的房子裡。她想要給自己一個機會去看看外面的世界，所以她鼓起勇氣、卸下了身上所有的珠寶和華服，穿上婚前的粗布衣裳和一雙舒適的平底布鞋，悄悄的從皇家賓館的後門離開了。

4．婚禮後一星期

灰姑娘離開皇家賓館時只隨手帶了幾個麵包，當這些乾糧都吃完後，她便被迫要面臨如何溫飽的現實問題了。當她又餓又渴，徘徊在午夜的岔路時，仙女教母出現了，她略帶嘲諷的問灰姑娘：「傻孩子啊，你後悔了嗎？我曾經替你鋪設出一條康莊大道，如果你乖乖照著我的安排，現在你早已是王妃，身穿綾羅綢緞、吃著山珍海味，還有數不盡的僕人服侍你。而你，竟然自願放棄這麼幸福美好的生活，淪落到餐風露宿、無家可歸的地步，你不覺得自己很笨嗎？」

「對不起，仙女教母，我辜負了你對我的期望，」灰姑娘誠心的道歉，「但我並不後悔我所做的決定。」

「為什麼呢？難道你喜歡過苦日子嗎？」仙女教母問。

「老實說，從小到大，我都不覺得自己有什麼優點，即使繼母和姐姐欺負我，我也只是逆來順受、從未試著鼓起勇氣去爭取自己的權益。這幾天，我在街上到處走，卻沒有人認出我就是尋人啟事中的那位王妃，可見卸下華麗的裝扮後，我只不過是個隨處可見的平凡少女，沒有人會多看我一眼。沒有任何長處的我，只是多了一點運氣、因您施展魔法而在舞會中獲得王子的注意，並得到嫁入皇室的機會而已。既然在這個過程中，我不曾比其他人付出更多努力，那我又憑什麼能比其他少女獲得更多的幸福呢？所以我逃走了，我需要再好好想一想，對我而言，什麼才是真正的幸福。」

「所以像這樣三餐不繼、流落街頭的生活就是你所謂的幸福嗎？哼！你真是個不折不扣的大傻瓜！」仙女冷笑著。「雖然你讓我失望了，但我畢竟是你的仙女教母，無法眼睜睜看著你受苦。這樣吧！我可以再為你施展一次魔法，讓時光倒流回到婚禮的前一天，只要你照著我的安排嫁給王子，你仍然可以享盡榮華富貴，過著幸福快樂的生活。」

「親愛的仙女教母，我真心感謝你為我所做的一切，」灰姑娘誠摯道謝，「當我與繼母和姐姐同住，忍受她們的種種刁難時，我曾經以為自己是全天下最不幸的人；然而這幾天裡，我在這個王國的各個角落都看到了無家可歸的孤兒寡婦淪為乞丐，也聽過從房宅裡傳出受虐婦女的啜泣哭聲，我發現有很多人都比我更加不幸。如果你願意為我施展魔法的話，就請你讓他們也都得到幸福吧！」

「辦不到！我的法力只能讓你一個人得到幸福。」仙女教母冷冷的拒絕了。

「可是，我希望每個人都能得到幸福。」每當想起那些不幸的人們時，灰姑娘的心便會隱隱作痛。

「哼！別說大話了，你連自己明天的早餐都沒著落了，還妄想要讓別人得到幸福嗎？」仙女教母一針見血的點出了灰姑娘的天真。「要為別人帶來幸福是非常困難的，你必須擁有非常強大的力量才行。你有什麼與眾不同的專長或能力嗎？」

「我……」灰姑娘不禁語塞。

「一個沒有能力的人還妄想要為別人帶來幸福，這根本是痴人說夢！等你想清楚要如何發揮能力去帶給別人幸福時，再召喚我吧！我會為你再施展一次魔法、實現你的心願，但你可要好好珍惜這最後一次機會了！」仙女教母的語氣聽來嚴厲，但似乎又有點鼓勵的意味。

5．婚禮後一年

新娘失蹤後始終下落不明，原本大張旗鼓的搜尋工作最後也不了了之。這一年內，原本的老國王因病去世，王子登基成為新君，大家都為灰姑娘感到惋惜：「真可惜啊！要是她沒失蹤，現在已經是皇后啦！」雖然大臣們紛紛提出新皇后的建議名單，但年輕的國王對自己的婚姻大事卻彷彿置身事外，反而將所有的精力都投注在國政改革上。

國王所進行的第一項改革便是降低皇室開支，以獎勵退休、執行考核等方式，嚴格淘汰掉許多狐假虎威或混水摸魚的皇家僕役，而他們原本負責的打掃工作，便聘請民營的清潔公司來執行。

據說這家清潔公司成立還不滿一年，但是被服務過的客戶都讚譽有加，連朝廷裡最挑剔的大臣也都一致推薦。「到底好在哪裡呢？」國王不免起了好奇心，便在清潔公司進行打掃時從旁觀察。

無意間，國王在眾多忙碌的清潔人員中見到了一個似曾相識的身影，彷彿正是他一年前逃婚的新娘；然而，那位無緣的新娘子害羞膽怯，眼前這位女孩卻大方爽朗、從容不迫的指揮調度著眾人進行清潔工作。

國王不由得被那專業自信的態度吸引而上前搭話：「嗨！您好！我是國王，謝謝你們來支援皇宮的清潔工作。」

「國王您好，我是清潔公司的負責人——辛蒂。很榮幸能有機會承接皇宮的清潔服務，不知道您有沒有什麼特別的要求，我們一定努力使命必達。」辛蒂向國王露出了不卑不亢的微笑。

「依照正常程序打掃乾淨就好了！沒什麼特殊要求……」國王猶豫許久，終於決定將心中的疑惑說出口，「請問我們見過嗎？我覺得你長得很像某位我所認識的人……」

「是嗎？」辛蒂不置可否。

「事實上，她的面貌在我的記憶中已經有點模糊了，畢竟我和她真正相處的時間並不長；而且你跟她給人的感覺也完全不同，她像是一朵害羞的小雛菊，你則自信大方像盛開的向日葵；但是你們兩個人都有一雙因努力工作而粗糙的手，所以你又讓我回想起她了……」

「那是一個對你而言很重要的人嗎？」辛蒂問。

「唉，其實我對她有著滿滿的歉意，」國王嘆了口氣，「一年前，我的父親生了重病，希望我能趕快結婚。為了滿足我父親的心願，我舉辦了一場選妃舞會。」

「聽說那是一場非常盛大的舞會，國內未婚的名媛閨秀都盛裝出席了。」辛蒂附和著。

「是啊，然而那些貴族千金驕縱的眼神和趾高氣昂的態度讓我感到非常厭煩，直到『她』出現，才讓我眼睛為之一亮。」國王陷入了回憶之中。

「『她』一定很美吧？」

「嗯，也許吧！但真正吸引我的是她柔順害羞的眼神。」國王試圖以傻笑來掩飾心中的慚愧，「當時我心想，反正只是為了滿足父親的願望而結婚，那就隨便挑一個乖巧聽話的對象吧！可是後來……」

「我知道，那是個震驚童話世界的大新聞。」

「我想，她之所以會選擇離開，應該是查覺到我並不是真的想結婚，只是想利用她來敷衍我的父親吧！所以我一直對她懷抱著深深的歉意，如果有機會的話，我真的很想親口跟她道歉。」

「不，該道歉的是我，我不該不告而別的。」國王的坦誠讓辛蒂也忍不住說出了真相。

「真的是你？你這一年都在哪裡？又怎麼會成為清潔公司的負責人呢？」

「我當初會離開，其實只是不敢相信平凡無能的自己居然能獲得眾人夢寐以求的好運氣。我也想趁著還年輕，再去多看看我所不知道的世界。」

「後來呢？」

「我發現我們國內有很多比我還不幸的弱勢婦女，我希望能帶給她們幸福。但我的仙女教母提醒我：『要努力發掘自己的優點和專長，先讓自己茁壯成長才有能力為別人遮蔭』；我再三考慮後，發現自己最大的優勢，就是具有十多年打掃豪宅的清潔經驗，而且這方面的工作技術足以讓最刁鑽的客戶（我繼母）滿意。所以我想到我可以成立清潔公司，招募弱勢婦女，傳授她們打掃豪宅的清潔技巧，幫助她們透過工作得到成就感和穩定的收入，這是讓大家都可以得到幸福的方法。所以我召喚仙女教母，向她申請了一份創業基金，由於我們擁有專業技術和誠實可靠的工作態度，業績蒸蒸日上，現在我們『辛蒂瑞拉清潔公司』已經是國內頗有名氣的中小企業囉！」辛蒂述說創業過程時所散發的神采深深吸引著國王。

「辛蒂瑞拉（Cendrillon）？好奇特的名字！」國王知道「Cendrillon」是法文「髒兮兮的女僕」之意。

「是的，我叫辛蒂（Cindy），但姐姐欺負我，嘲笑我打掃時全身都是骯髒的煤灰，故意給我取了辛蒂瑞拉（Cendrillon）的綽號。不過我在打掃的過程中發現了能夠徹底清潔煤灰的專利技術，便想到用這個綽號來為公司命名。」辛蒂嫣然一笑，她已將過去的苦難徹底轉化為成功的養分，並開出燦爛的花朵了。

「那麼，辛蒂小姐，你今天下班後，願意跟我一起共進晚餐嗎？我很期待再多聽你說一些創業的故事。」自信耀眼的辛蒂令國王尊敬且心動。

「嗯，」辛蒂翻了翻行事曆，「今天晚上不行喔，我要回公司開幹部會議。」

「那明天呢？後天也可以。只要你有時間我都可以配合。」國王不想放棄任何可能的機會。

「那我們加 line，保持聯絡吧！」辛蒂微笑著拿出了手機。

6．婚禮後三年

交換 line 之後，國王和辛蒂在頻繁互動中逐漸發展出真正的友誼，國王欣賞辛蒂創業的積極與能力，辛蒂也敬佩國王在朝政改革上所做的種種努力，兩人常常互相分享心得、提供建議，對彼此都有了更深入的了解與認識。機緣成熟之後，國王再次向辛蒂求婚，辛蒂的條件是婚後她仍要保有自己的事業，而不是成為王室的附屬品，國王答應了。這一次他們只悄悄的到法院進行了一場簡單的公證儀式，用節省下來的經費成立了救援弱勢婦女的「辛蒂瑞拉慈善基金會」。

WELCOME
CLEANING company
ALW
123

婚後，辛蒂將清潔公司多數的盈利都用來從事救援弱勢婦女的工作，除了王室的重大場合她會穿著華服出席外，大部分的時間她都是穿著工作服在第一線指導員工。現在辛蒂每天都感覺非常幸福，因為她能在工作中得到自信和成就感，她的努力也得到國王丈夫的尊敬與支持。辛蒂所在的王國成為童話世界中弱勢族群的樂土，「辛蒂瑞拉」也從一個原本充滿譏諷的詞彙，昇華為百姓心目中「慈善與幸福」的代名詞。

本文榮獲一一〇年教育部文藝創作獎童話類佳作

編委的話

・周芯丞：

世界並不完美，每個人都有自己的幸福要去追求。幸福是無形的，需要點燃希望之火、展開實際行動努力而得。幸福果實是溫暖的，也是勇敢的，時時刻刻都充滿微笑，是人人渴望擁有的。只要用心體會，幸福其實一直環繞在身邊，只是往往都被忽略了，或是想要得更多，我們應該好好珍惜現在的一切，知足就滿足。

．**翁琪評：**

跳脫灰姑娘「從此永遠幸福快樂」的既定結局，轉變為努力貢獻一己之力幫助別人的勵志故事。提醒我們：用「愛」，打開每顆封閉的心；行「善」，從每個人的心中轉化為行動，讓希望散播出去。

．**黃若華：**

清潔工原本被視為社會底層的勞力工作，卻被翻轉成生命人格的頂端。在蛻變後，結婚不再是禁錮的枷鎖，擊碎幸福快樂的結局框架，轉為回憶相簿中美好的一頁。可見，不要輕忽自己的才能，唯有全心全意的提升、尋找自我價值，才能打開屬於自己的那一扇門。

．**黃秋芳：**

翻轉經典童話的「王子和公主從此過著幸福快樂的日子」，切入現實，提早適應社會艱難，充滿俗世線索的瑣碎生活，反而滿足了兒童具有「反兒童」的權威嚮往。

第九百九十九

翁心怡

插畫／劉彤渲

作者簡介

台南大學國語文教學碩士，現任國小教師。
曾獲海峽兩岸徵文童話優等、語文教材創作優選、牧笛獎、台南文學獎、林君鴻兒童文學獎、台中文學獎、蘭陽文學獎、教育部文藝創作獎、九歌現代少兒文學獎、鍾肇政文學獎。著有《前進吧！寶利》、《星君爺爺出任務》。
現漫步在兒文的路上。

童話觀

童話是一個萬物有情的世界。

黃昏的街道上吹著涼涼的風，傍晚的夕陽正跟著風玩躲貓貓。風躲進彎彎曲曲的老巷，連影子都找不到。巷子尾有個男孩，小男孩正站在家門口愣愣的瞧著手裡的三枚硬幣。

1

小男孩的名字叫阿對，阿對住在老街上長長彎彎的巷子裡頭。

這巷子有個好聽的名字：「青龍巷」。

巷子繞來繞去的，就像一條游在地上的龍一樣，老街上一塊挨著一塊的青石板，一格一格的，彷彿拼接成了片片的青色龍麟。

長長的石板路一路蜿蜒到巷尾，阿對放學後常常踩著每一片的青石磚，蹦蹦跳跳的一路數著腳步回家裡。

阿對和阿嬤住在一起，阿對的同學好幾年前就從老街上搬走，住進了幾條街外的新公寓裡，這條古老的街道聽說以後也要全部拆除了。

「他們說是什麼……什麼改建啦！」阿嬤想了半天無奈的說，她今天晚上要去村長那裡開會。

「房子老了，阿嬤也老囉。」阿嬤笑了笑，搖了搖頭。

同學一個一個都搬走了，老街上幾乎都沒有玩伴了，就像今天下午放學後，他還是只能自己一邊跳著青色的格子，一邊數著：

「八百一十五，八百一十六，八百一十七……」

「九百九十七，九百九十八……咦？」阿對突然停了下來，他搔了搔頭，看了看地上。

「奇怪，明明從巷口到我家巷尾，應該有九百九十九塊青磚頭，今天為什麼少了一塊？」

這條老巷子沒有人比阿對更熟悉了，他從會數數開始，就一路從一到十，十到百，一直到現在，閉著眼睛都可以一路踩著石磚走回家，而且從來沒有一次數錯。

「太奇怪了。」阿對搔搔頭，他想了想，一轉身馬上衝回巷口，然後一步一步仔細的數著：「一，二，三……」

終於，「九百九十八！」他跳了起來。

「少了一塊，是嗎？」阿對的背後突然傳來一句話。

他轉頭一看，前面站著一個顫巍巍的老爺爺，老爺爺穿著藏青色長袍，雙手背在後面，一隻腳用力蹬著地板。

「少了一塊，沒錯。」

他對著阿對又說了一次，露出了奇怪的臉色。

阿對滿頭霧水，「老爺爺，你是誰，我好像沒看過你。」

「哈哈哈！哈哈哈！」老爺爺突然笑了起來，天空一下子烏雲密布，四周瞬間暗了下來。

「我是天上的青龍，必須在這裡輪值守護土地百年，才能完成交派的任務，」他停了一下。

「到今天為止剛好滿九十九年三百六十四日。」老爺爺大聲的說。

阿對聽了忍住笑，「老爺爺，你在開玩笑嗎？」

話還沒說完，老爺爺從背後伸出了他的雙手，阿對定睛一看。

啊！那是兩隻彎曲的龍爪，上面佈滿了層層的鱗片。

阿對嚇得一連倒退好幾步跌坐在地上。

「你，你你……」他一句話也說不出來。

老爺爺手又背回身後，他看了看天空，嘆了口氣。

「原本只剩一天就可以結束我的任務的，沒想到我昨天晚上太開心，玩過了頭，不小心掉了一枚龍麟。」他又嘆了口氣。

「龍麟？」阿對茫然地說。

老爺爺用力蹬了蹬腳，踩在青石板上，阿對突然靈光一現。

「你是說……」阿對指了指地上，老爺爺默默點頭。

原來青龍平常化身於地，牠全身九百九十九片的龍鱗全數變成青石磚，阿對每天數的就是這九百九十九片，這祕密阿對直到今天才知道。

只不過今天卻只剩下九百九十八片。

「只剩今天，我必須找回那一枚鱗片，但最後一天我不能擅離職守，我也不能主動告訴別人這祕密，除非有人知道這青石磚少了一塊。」老爺爺嚴肅的說。

「我知道你每天都會在我身上算格子，我一直在等你放學，相信你一定能幫我找回那枚鱗片。」老爺爺認真的說。

「可是……」阿對忽然間不知所措。

「我會幫你的，記得一定要在今天太陽下山以前找回來。」老爺爺斬釘截鐵的說。

「麻煩你了。」阿對的耳裡似乎還迴盪著老爺爺的話。

不知道何時天空的烏雲已經散去，阿對忽然發現自己站在門口，手裡捏著三枚硬幣，而老爺爺人已經不見了。

2

阿對呆呆站了好久，終於回過神來，他瞧了瞧手中的硬幣，上面分別刻著一隻龍，一隻鳥，最後一枚是一條金魚。

正當他低頭思索的時候，同班的阿建遠遠的跑來了。

「阿對阿對……你在做什麼？」

他一眼就看到阿對手上的硬幣，那枚龍幣忽然亮了一下。

「哇！好漂亮哦！」他隨手拿起龍幣翻來翻去瞧了瞧。

「咦，剛剛我看到廟口搭了一個戲棚子，那個棚子上面有個圖案和這個好像，真有趣。」阿建像發現新大陸一樣。

阿對聽了眼睛一亮，他趕緊拿回龍幣，拔腿匆匆往廟口跑去。

到了廟口，遠遠的看到一個戲台子，空空的戲台上面果真有個圓形的龍圖案，和手上的硬幣一模一樣。

他把手上的龍幣拿了出來仔細看，發現中間有個四方的孔洞，他閉起一隻眼睛從洞裡看過去，舞台忽然完全不一樣了。

原本空無一人的戲台，從洞裡看出去變成了一座兒童樂園，他看到樂園裡有摩天輪，旋轉木馬，雲霄飛車，還有滿坑滿谷的玩具！

他吃驚的睜大了眼睛，在拿掉龍幣後，戲台看起來又恢復了原狀。

於是阿對重新把龍幣套在右眼上，他慢慢的走上戲台，戲台的景色慢慢改變，叮叮咚咚的音樂越來越大聲，他看到有個小孩子坐在地上低著頭玩著手機遊戲。

「喂！」阿對喊了一聲，他過了一會兒又喊了一聲。

「他不會理你的啦。」

阿對轉頭一看，說話的是另一個坐在旋轉木馬上的小孩。

小孩邊轉邊說：「自從十幾年前有人進來這裡，給了他手機後，他整個人就掛在手機上面了，都不陪我玩。」

說話的小孩聽起來很不高興。

阿對有點同情，他知道他的同學每天也都玩手機到三更半夜，每天上課沒精神，常被老師罵。

不過阿對沒忘記他的任務。

「請問你認識青龍嗎？牠的鱗片掉了。」

「青龍？哈哈哈，當然，聽說明天要結束牠百年任務得到自由了，終於不用每天守在那條老街了，真辛苦。」

「牠昨天晚上才來陪我玩呢，我們玩得好開心！我們玩了飛天巨輪、海盜船、還有衝上天的雲霄飛車，咻咻咻，三百六十度甩來甩去，太好玩了。」小孩子興高采烈的說著。

「牠的鱗片掉了。」

「啊，」小孩停了下來，接著說，「真可憐，牠回不去了。」

他若無其事的說。

阿對急了，「你知道要怎麼找回來嗎？」

小孩看著阿對，嚴肅的說，「我當然知道，可是你要把龍幣給我。」

他轉頭看著地上專心玩手機的小孩說：「我是遊童，他是戲童，我們一起創造世界的歡樂。但他現在一直沉迷在手機遊戲的幻境裡，沒打倒裡面的魔王他絕對停不下來，你的龍幣是青龍珠變成的，可以增加戰鬥力。」

「只有戰勝大魔王，這樣他才能從手遊裡脫身。你幫你的朋友，我也要幫我的朋友。」小孩堅定的說。

阿對答應了，小孩從木馬上下來取走了龍幣。

他搓了搓龍幣，龍幣在他手中瞬間化為一道青光射進手機裡，手機螢幕開始閃爍，忽然間，轟的一聲，手機消失了。

地上的小孩恍恍惚惚的站了起來，兩個小孩站在一起，阿對一下分不清誰是誰了。

右邊的遊童說：「搭上雲霄飛車，它會帶你到對的地方。」

左邊的戲童指了指旁邊的指標，兩個人手牽著手嘻嘻哈哈跑走了。

阿對看著指標，指往雲霄飛車的方向，那裡有一道階梯。

他順著指標走，階梯一路往雲裡去，阿對越走越怕，雙腳一直發抖，最後終於來到階梯的盡頭，哇！終於來到搭乘的入口了。

入口處有個投幣孔，阿對掏遍口袋，身上只剩下鳥硬幣和金魚硬幣。

他想了想，既然是雲霄飛車，他決定投入那枚鳥硬幣。

「框啷」一聲，門開了，他坐進飛車裡，飛車緩緩啟動，車子繼續在空中加速，阿對緊緊抓著前面的握把，閉起了眼睛，風呼呼的在耳邊吹著，飛車急速的甩來甩去忽上忽下，突然間他感覺自己在快速下降中。

他偷偷睜開眼睛一看，天啊，車子竟然急速下墜，往地面俯衝，眼看就要衝進地底了……

啊……阿對感覺車子衝到地底，像土撥鼠一樣東鑽西鑽，突然間車子把他甩了出來，他在地底感覺到世界一片黑暗。

3

黑暗中阿對聽到附近突然傳來窸窸窣窣的聲音。

他覺得有點可怕，但轉念一想，他得想個辦法離開這裡。

於是他鼓起了勇氣出聲：「請問有人嗎？」

黑暗中有個聲音回答：「啊，你好。」

那聲音接著又說：「唉唷，這泥土也太硬了吧，我要加油囉！」

「不好意思，今天是我的生日，我一定要在第一道月光灑下之前離開地面。」那聲音說。

「你是土撥鼠嗎？」阿對問。

「哈哈哈，」那聲音笑了起來。

「我可沒長毛，我是種子啦。」

不過那聲音急急的補充：「嗯嗯，你可別小看我，我不是普通的種子哦。」

「之前不小心睡了太久，我幾乎都忘記自己是誰了。昨天晚上不知道為什麼被吵醒了，還有人送禮物給我。」小種子開心的說。

「什麼禮物，該不會是……那片掉落的龍鱗？」阿對心裡想。

「對了，你從地上來，可以告訴我哪裡是居住的好地方嗎？我不想住在太高的大樓邊，希望能住在每天看到太陽，月亮，吹到微風，聽到笑聲的地方。」

「回家，」阿對脫口而出，「你能帶我回家嗎？」

「當然囉！來吧！我的時間到了！」小種子突然安靜了下來。

逼逼啵啵逼逼啵啵……地底微微震動，阿對感覺到有成千上萬像細根一樣的手抓住了他，他身體不由自主的一直往上升，忽然間他眼前一亮，他已經離開了地面，他第一眼就看到自己家門，而家門旁的土地裂開，慢慢長出了一棵小樹。

小樹繼續生長，越來越高，樹也越長越大，不到幾分鐘，阿對的家門旁已經長出一棵像巨人般高大的樹。

一片片綠色的葉子像傘蓋一樣，幾乎遮住了天空，月亮出來了，當月光照在樹上時，樹上的花全開了。在火紅的花中有一片葉子特別不同，那片葉子閃著青色的光芒。

「龍麟！」阿對叫了起來。他才想到月亮出來，太陽早已下山，他錯過和青龍的約定了。

「種子啊，請把龍麟給我吧。」阿對低聲拜託。

一朵花落了下來，火紅的花長出了翅膀，接著長出了長長的尾巴，紅花變成了一隻火鳥。

那隻美麗的火鳥盤旋在空中，牠叼下了樹上那片龍麟交給阿對。

「我不是種子了，我也在地底等待了百年，原本是接替青龍來守護這裡的。」火鳥說。

「哦，對了，你是鳳凰，這棵樹是鳳凰木。」阿對看著身旁的樹恍然大悟。

火鳥點點頭。

「那，青龍呢？」他看著龍麟直接落入地面消失不見。

「這答案你要自己去找找囉。」火鳥張開花朵一樣美麗的翅膀，在空中繞了幾圈後慢慢消失在樹叢裡。

阿對懊惱的從口袋拿出剩下的金魚硬幣，對青龍感到萬分抱歉。

他走進屋哩，發現阿嬤不在家，才想起阿嬤說晚上要到村長家開會。改建啊，他心裡真是不想離開這條老巷子啊。

想著想著，一不留神，手裡的硬幣不小心掉了下去。

阿對趕忙要撿起來，沒料到硬幣竟然一直滾，滾出了家門。

阿對跑了出去，只看到硬幣繼續往前滾，越滾越快，阿對一邊喊著一邊邁開大步直追下去。

有好幾次幾乎要停下來了，硬幣卻又開始往前滾，過了好幾分鐘，硬幣終於停下來了，阿對撿起硬幣抬頭一看，原來前面是是村長家。

村長家裡燈火通明，阿對眼睛湊到門邊一看，有好多人在裡面，他看到阿嬤也坐在那裡，阿嬤看起來有點累，可能還要討論很久吧。

阿對決定在村長家外面等阿嬤，村長家在巷頭，就在阿對上學的路上，雖然如此，阿對卻很少到村長家附近遊玩。

阿對在院子裡逛了一下，忽然發現角落有個水池，他好奇的繞到前面一看，原來是一個乾掉的噴水池，水池中央有一座圓滾滾的小金魚像。

阿對忽然想起了口袋裡的金魚硬幣，他趕緊把硬幣拿出來，丟進了池子裡。

結果阿對驚喜的發現，池子裡的水慢慢漲高了，胖胖的小金魚嘴裡也開始噴出了長長的水柱，突然，小金魚開口了。

「阿對！」那是青龍老爺爺的聲音！

「老爺爺，真的是你，你還好嗎？」阿對急忙說。

「沒事，謝謝你找回我第九百九十九片的龍鱗。」小金魚說。

「雖然它現在變成魚鱗啦。」小金魚眨眨眼。

阿對忍住滿肚子的疑問，繼續聽著。

「我沒能及時找回我的龍麟，時間到了，我只好再接受一次挑戰，等龍門開的那天，再跳一次啦！」小金魚不在乎的說。

「跳龍門！」阿對驚訝得合不攏嘴。

「哈哈哈，重新年輕一次，感覺也不錯哩！」小金魚笑著說。

雲開了，天上的星星慢慢聚攏，一點一點的成為一條光河慢慢流到人間，小金魚扭扭身一跳，順著銀河慢慢游回了天際。

4

老巷子決定不改建了。

「因為巷子太老囉！」阿嬤笑著說。

百年的青龍巷沒有了青龍，但因為多了一棵「傑克的鳳凰木」，像魔豆般一夜間長到天際的鳳凰樹，笑聲也多了起來。

安靜的晚上，阿對也曾經看到金魚的影子在雲上游過。

至於青龍巷的青石磚，現在究竟有幾塊？

好奇的話，那就得跟著阿對親自數一次囉。

本文榮獲二〇二一年第十一屆台南文學獎兒童文學類第二名

編委的話

・周芯丞：

現在有許多老房子即將面臨這三個命運：第一是變成古蹟；第二是重建；最後是改建，但那裡的點點滴滴，都是非常重要的回憶。所以，為了保留文化及顧慮到安全問題，大部分選擇改建，因為我們以為這是最佳方案，真希望古老建築，能保持原來的樣貌，讓我們知道先民的智慧與努力。

・翁琪評：

一顆沉睡百年的種子，變成火紅的鳳凰。有時候等待的時間很久，覺得成果不會出現，但只要懷抱著希望與耐心，有一天成果冒芽開花時，心情會像火紅的鳳凰一樣，無比燦爛。

・黃若華：

來不及在指定時間內找回鱗片，讓青龍變回小金魚，重返青春。生命中意外的驚喜，常能帶來獨特的體驗。文中出現的場景，包括硬幣後的兒童樂園、鳳凰木衝出土壤等，描寫得唯妙唯肖，同時也讓人感受到豐沛的生命力，在閱讀過程中，畫面如在眼前，非常生動。

・黃秋芳：

台南文學獎的參賽發想，環繞在充滿古都特色的地景、人文，映證沈葆楨在台南延平郡王祠的題聯：「開萬古得未曾有之奇，洪荒留此山川，作遺民世界；極一生無可如何之遇，缺憾還諸天地，是創格完人。」窮極一生的努力，就算留下遺憾，還是開創了嶄新的格局人。

卷二

燈，夜裡的小太陽

等公車

王文華

插畫／吳嘉鴻

作者簡介

兒童文學作家，著有《可能小學的歷史任務》等書，曾獲金鼎獎、牧笛獎、陳伯吹國際兒童文學等獎項。

童話觀

童話，最好玩的文體，能容忍我的天馬行空，能給我自由的空間。

今天早上天氣好，蟬聲繚繞，吹來的風裡，有夏天的味道。

秋婆婆穿得一身黑，黑衣黑裙。先把大門鎖好，再打開黑傘，沿著紅土路走到公車亭。雖然是早上，秋婆婆也被陽光曬得一身汗。

紅色的公車亭裡沒有別人，她坐下來，拿出黑色的手帕擦擦汗。

不老山谷一天一班公車，錯過了，就得再等一天的。

「應該快來了啊。」秋婆婆只是要去城裡看看朋友，也沒跟朋友約定時間。遇到很好，沒遇到也好。

「我就是坐車去走走。」秋婆婆習慣了自己對自己說話。

一朵小白雲，飄過山谷的上空，這麼小的雲，遮不住太陽。

一小股涼風，吹進山谷的樹林，這麼小的風，趕不走炎熱。

一隻花貓，喵嗚一聲，走進來。

「你是熱了，還是餓了？」秋婆婆問。

花貓望著她，那眼神彷彿會說話。

秋婆婆看出來了：「你一定是肚子餓。」

婆婆的袋子裡，總有幾塊餅乾、糖果，她的年紀大，偶爾必須吃點什麼，她翻翻找找，終於找出一塊……

「牛奶糖，行不行？」

花貓舔舔糖，似乎在說，還行。

「如果你到我家來，我還有小魚乾，只是今天我得去找朋友。」

喵～花貓的口氣像是，沒關係！

花貓的脖子上有項圈，應該是誰家的寵物，但是，秋公公走了後，不老山谷裡只剩下她，前前後後，左左右右，沒有人家。

「你從哪兒來的呀？」

秋婆婆像在問貓，更像在自問自答，這種日子她過慣了。

「你是隻離家小貓，不知道你的主人急不急呀！」

喵嗚喵嗚。花貓好像在安慰她，更像在說：「你放心，不急！」

公車亭裡的時間，過得特別慢，陽光慢慢移動，影子慢慢縮短。有道黑影走進亭子裡，是隻山羊。

這更奇怪了，不老山谷什麼時候有羊呢？而且長得瘦巴巴，看起來營養不良。

「你也要等公車嗎？」婆婆好心問。

咩咩咩咩，山羊不會答話，牠排到花貓後頭，安安分分的。

婆婆知道，羊在草地吃草，羊也在山裡奔跑，但是山羊等公車，她第一次遇到。

「想去哪兒呢？」秋婆婆又開始對著羊講話了，「去買菜，羊不會買菜；去看朋友，羊的朋友住山裡；去辦事情，羊的事情不就是……」

羊該辦什麼事呢？

秋婆婆說到這兒，看看羊，羊正望著外頭：一隻黃兔子，蹦蹦跳跳的，跳進來。

兔子耳朵缺了一段，一蹦一跳，跳到椅子上。

「誰家的兔子呀？歡迎歡迎。」秋婆婆挪了挪位置，「原來設計公車亭的人，知道今天會有個老婆婆，和這麼多小動物來等公車。」

說公車，公車呢？

公車一直還沒來，婆婆安撫大家：「今天的太陽大，開車的老董我懂他，他總是想到才開車，其實，早來也好，晚來也好，總是會來的，一天一次，跑不掉。」

動物們聽了她的話，都乖乖的坐好？

不，所有的動物都學著她，伸長脖子，望著公車來的地方。

公車還是不見蹤影，婆婆問兔子：「你明明跳得快，何必來等公車？」

於是，所有的小動物，全都看著兔子。

兔子什麼話也說不出口。

「好好好，沒關係，我們坐在這兒等車就是有緣分。」婆婆怕兔子害羞，她打個圓場，「等我坐車回來時，歡迎你來我家，我田裡的紅蘿蔔成熟了，新鮮的紅蘿蔔，你吃過嗎？」

神奇的事發生了，這隻兔子竟然搖搖頭，其他動物也跟著搖搖頭。

「兔子沒吃過我懂，你們又不吃……」婆婆實在很聰明，她猜：「你們也想來我家？」

公車亭裡的動物點點頭。

嘰，煞，秋婆婆正想說話時，那輛等了一早，遲遲等不到的，司機老董開的公車，竟然那麼懂事的到了。

這下子，該走了。

老董問：「去城裡找朋友啊？」

「對對對，去城裡找……」秋婆婆遲疑了，她望望亭子裡，這幾隻望著她的……新朋友。

新朋友，沒人要上車。

明明來等公車，公車來了卻不走。

「我突然想起來，今天不進城了。」

「那你在候車亭裡等什麼呀？」老董問。

秋婆婆笑了：「我在這裡等朋友啊。」

司機老董不懂，搖搖頭，公車走了。

「我的新朋友，來吧。」秋婆婆想好了，田裡有蘿蔔給兔子，山羊會喜歡屋前的青草，她的冰箱裡有不少小魚乾：「你們會喜歡我家的。」

隔天早上，秋婆婆的門被人拍得砰砰響。

她拉開門，是城裡的朋友：「昨天你沒來，我們擔心你。」

「請進請進，我來介紹山谷裡的朋友。」秋婆婆的屋裡，響起一陣不大不小的聲音，那是喵喵喵，咩咩咩咩……

——原載二〇二一年十月《未來兒童》第九十一期

編委的話

・周芯丞：

朋友距離我們並不遙遠，他們一直都在身邊，不斷的陪伴，不斷的給予溫暖。動物跳脫「寵物」的身分，自己在找朋友，朋友不一定要同類，凡是能真誠以待，就是好麻吉。隨機的緣分，等待搭公車去見城市朋友，最後，變成在公車站交朋友的轉機，真是意想不到的結局！

・翁琪評：

秋婆婆在等公車時遇到貓咪、山羊和兔子，原本的等公車變成等朋友，真有趣！在日常生活中，我們也會經常遇到一些讓人會心一笑的趣事，這樣愉悅心情的片刻真令人享受！

・黃若華：

秋婆婆和動物們在一個恰好的日子相遇、在同一個公車站停留，風和日麗，注定要以「一起共享蔬食」帶來的滿足感，擁抱和大家聚在一起的溫暖和情誼。這些情境讓人嚮往，若在生活中也能有如此恰好的事發生，那是多麼純粹的幸福啊！

・黃秋芳：

王文華善於建構龐大譜系，「給孩子的藝術童話輯」裡，我最喜歡慢吞吞的〈月光舞蹈家〉和無所作為〈永遠的雕像〉。在這篇僅一千五百字的童話小品裡，同樣傳遞出在簡單中輕鬆譜出來的生命協奏，溫暖、乾淨而從容。

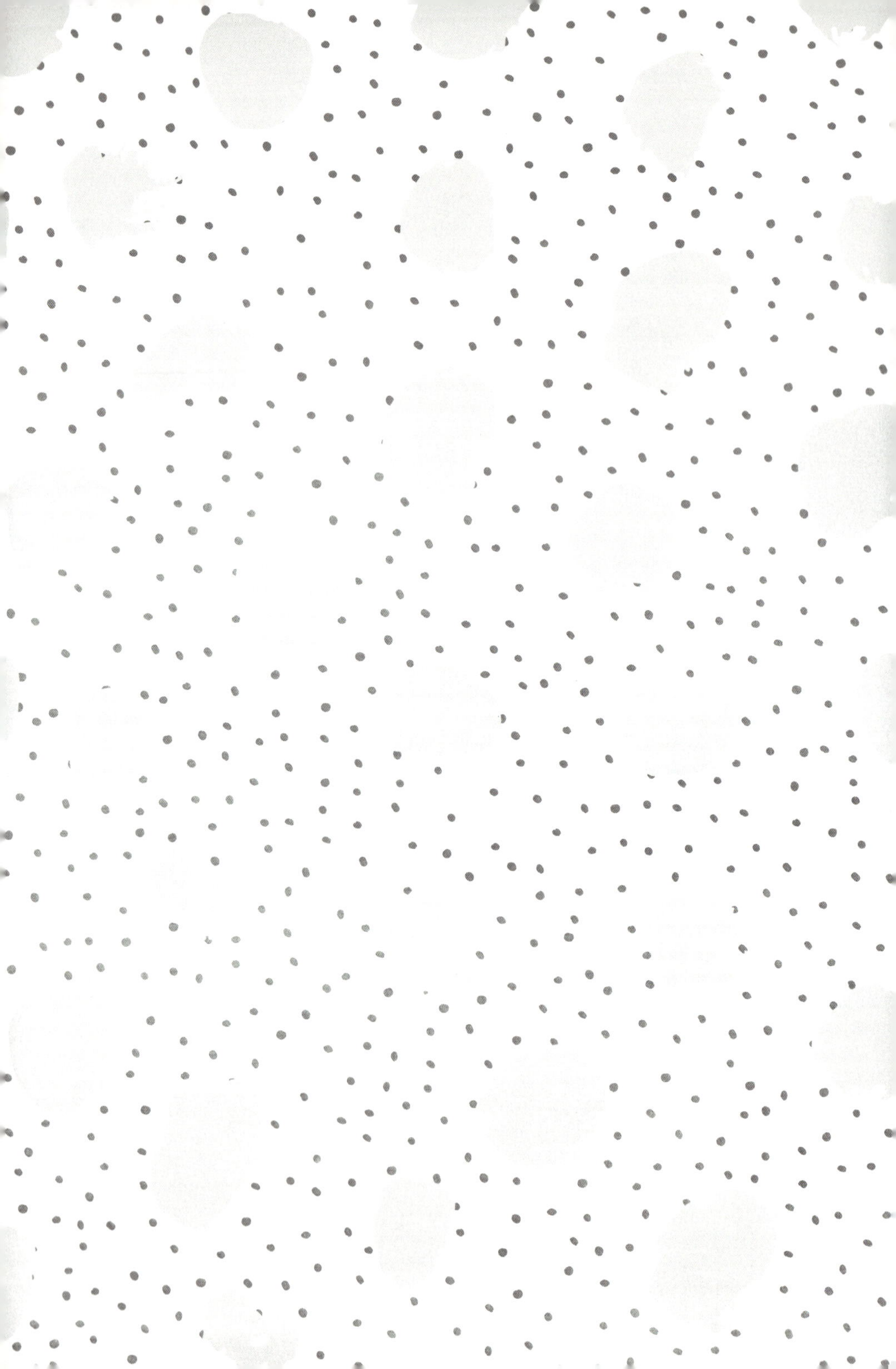

神奇寶被

王麗娟

插畫／李月玲

作者簡介

台北師專幼教師資科畢。
之前，偏愛寫散文，得過幾次文學獎。
前年才開始寫童話，得到台中文學獎童話類第一名，還連續兩年入選「九歌年度童話選」，太幸運了。

童 話 觀

升格阿嬤，開始享受當阿嬤的樂趣。
三兩個月才見外孫一面，問他長高了沒，他蹲下去，「咻」一聲，站起來，喔！長這麼高了。
外孫拿電動刮鬍刀給我當滑鼠，帶我去榕樹下看螞蟻爬樓梯，那樓梯其實是粗糙不平的樹幹。
外孫叫浩言，言行之中藏著的就是童話，就是故事。

那是個小村子，分為東、西、南、北四條街，住著一捲一捲的布，名叫「布莊」。捲布裡頭是木樁，那是每個家庭最重要的支柱。圓柱體木樁，長出圓滾滾的一家子；扁扁的長方體木樁，一家子也長得胖嘟嘟的福泰。

排列整齊的捲布，捲著春夏秋冬的色彩，各式各樣的線條、圖案，把布莊妝點得繽紛無比。

客人來了，莊主笑臉迎人，抽出花布，抖動布頭，捲布一連翻滾好幾圈，「蹦！蹦！蹦！」發出快樂的歡呼，春天就一碼一碼的在眼前鋪展開來。

剪刀「喀嚓喀嚓」，剪下一碼杜鵑花叢，裁成漂亮的洋裝，把春天穿在身上。

柿子是可愛的精靈，譜著快樂的音符，穿上柿子圖案的洋裝，讓日子過得事事如意。幫忙找找看，可愛的動物躲在哪一捲呢？做一件睡衣，讓小動物陪伴平平一覺到天亮。

小寶貝總是「一日大一寸」，捲布呢，「一日瘦一寸」，最後，只剩下一小塊布，莊主隨手丟進角落的紙箱裡，外頭寫著「碎布之家」。

碎布之家又破又舊的，連個屋頂也沒有，許多不同材質、不同花色的碎布擠在一起，臨時組成一家子，雖然是緊緊的依偎，心中都藏著悲傷和失落感。

印花布來到碎布之家已經五年，年齡最大，他聽過許多客人說的故事，夜深人靜的時候，換他說故事給大家聽。

他像爸爸一樣，不時安慰大家，為大家加油打氣：「我們都是『小布』，才不是什麼『碎布』，名字裡頭有個『碎』字，我不喜歡。古早的阿嬤都叫我們『布尾仔』，我們是很受歡迎的一群喲！

「雖然只是塊小小的布，可以做成圍兜兜、手帕、抹布……我們都是世上獨一無二的，一定有個屬於自己的位置和舞台，成為人見人愛的寶貝。」

黃布長得只有巴掌大，想到自己是如此渺小，連個手帕或抹布都當不成，感到很自卑。

「東西切成小小的，就叫做丁，你是布，長得小小的，我叫你『布丁』好不好？」

看到黃布沒吭聲，印花布接著說：「小孩子一看到布丁，眼睛就立刻亮起來，布丁也深受大人喜歡，有一天，你會成為一個受歡迎的布丁。」

黃布覺得「布丁」這個名字很有意思，就不再自卑。

因為剪刀一個不小心，在麻布胸口的正中央戳破一個洞，麻布感覺自己是個「破布子」，再也沒什麼用處，一天到晚唉聲嘆氣。

「天氣寒冷，破布子樹的老葉會變得暗淡，加上蟲害，葉子變得歪七扭八，好像破布一樣，才叫做『破布子』，那可是親切的稱呼呵！抽出新葉，長出淺黃色小花。花落結果，綠色果實會慢慢變成黃色、橘色，好像在樹上掛著叮叮咚咚的綠、黃、橘色小燈泡，掛著一串串美麗的希望。

「破布子果實帶著黏度，醃漬後有一種獨特的甘甜味，吃過的人就會被牢牢黏住，對破布子總是念念不忘。」

聽印花布這麼一說，麻布不再埋怨自己的身世，在微風的吹送下，安穩的進入夢鄉。

有人來翻攪，小布們趁機舒展一下筋骨，也在心中偷偷期待，希望自己能夠被有緣人帶走。只是，他們總是窮開心一場。

平平的生日快到了，媽媽想親手做一份愛的禮物送給他。媽媽是個環保又惜物的人，把破舊的衣服剪成一塊一塊做成尿布，讓嬰兒時期的平平替換著穿，弄髒了，清洗後掛在竹竿上晾晒，在風中飄揚的尿布像是飛翔的風箏，成了一道美麗的風景，媽媽常常懷念那個簡單又美好的歲月。

每次送禮給別人，媽媽拿一塊方巾包裝，先把方巾前後的對角綁成蝴蝶結，再將旋轉成麻花狀的左右對角相互綁在一起，就成了提手。

這樣就不需要用到紙袋或塑膠袋，禮物送給別人，布巾帶回家還可以重複使用。

媽媽帶著平平去布莊，把「布尾仔」全都買了回來。那些布大大小小都不同，有的像圍巾那樣大，有的像條手帕，還有一塊是破破爛爛的；平平不知媽媽為什麼花錢買下這一塊。他問媽媽那些布要做什麼用，媽媽很神祕，什麼也不肯說。

平平去上學時，媽媽「喀喀叩叩」踩著縫衣機，把一塊一塊的布尾仔接在一起。

農業社會，物資不是那麼充裕，家中有小孩滿月時，親朋好友會送來手掌大的布，再由小孩的母親一針一線親手縫製成的衣服，就叫做「百衲衣」，做成被子就叫「百衲被」，小孩在這麼多人的祝福下，就可以平安長大，而且長命百歲。

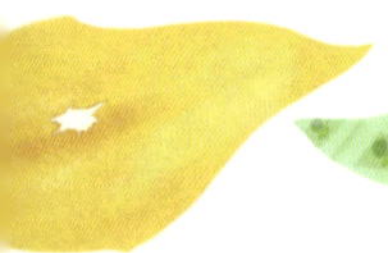

媽媽要親手縫製一條百衲被，做為平平的生日禮物。

平平閉起眼睛，媽媽牽著他走進房間裡，「將將將降～」媽媽一說完，平平張開眼睛。床上鋪著一件五彩繽紛的被子，最中央是那塊有破洞的布，破洞由黃色的布補滿了，媽媽的巧手把那兩塊布巧妙的結合在一起，真是太神奇了。

小布們「一起」長大了，變成「神奇寶被」，是真正的一家子，緊緊的依偎在

一起。

每當平平睡著了，大家就圍著印花布聽故事，聽著，聽著，也進入了夢鄉……

——原載二〇二一年五月二十四～二十五日《國語日報．故事版》

編委的話

・周芯丞：

「碎布」聽起來感覺很沒用處，其實是有很多故事的，而且團結就是力量，不能輕忽，就像一塊碎布，經過人類的巧手，成為棉被的一小部分，就如一點一滴的小雨滴，累積成一杯水。最後標題還以「神奇寶被」，諧音「神奇寶貝」做笑果，印象特別深刻！

・翁琪評：

原本被遺棄的碎布們被溫柔的媽媽撿起來縫成一床棉被，溫暖著兒子的心靈。其實，每個人就像一塊一塊的布，越多的布拼在一起，就越能溫暖人心，學會用愛去包容別人，這世界才會更美好。

・**黃若華：**

碎布的家，讓原本沒人要的剩布聚在一起，緣分讓他們感受到布情溫暖。每塊布物都代表著一段不同的生命歷程，這一切組合在一起後，變成可以帶給人幸福感和安全感的棉被。是碎布，又有什麼關係呢？反而創造出更特別的經驗，破碎的美好也被針線串了起來。

・**黃秋芳：**

剛在《一〇九年童話選》的〈牆壁壞壞〉拆解一切的王麗娟，留下無限唏噓。很快又耐性地拼組〈神奇寶被〉，重建一切，透過《一一〇年童話選》發話，傳遞出起落浮沉的人生，永遠生生不息的希望。

鬼屋阿克

李慧娟

插畫／吳嘉鴻

作者簡介

兩個孩子的媽媽。
曾獲九歌現代少兒文學獎、吳濁流文藝獎童話組佳作、桃園兒童文學獎及鍾肇政文學獎童話組副獎等。
著有《走了一個小偷之後》、《我的神祕訪客》、《豬小莉的情書》、《二十五朵玫瑰的祕密》、《打發時間圖書館》等。

童 話 觀

我不常寫童話，因為寫一寫就變成了少年小說。年輕時寫童話自在無拘束，充滿自我；到了知天命的年紀，童話就會加入了自己的閱歷。想和孩子分享童話除了天馬行空的想像之外，故事中也還有更深一層意義。

「晚安，阿克。」

「晚安，吉婆婆。」

一樣的話，一樣的回答，都已算不清講過多少遍。唯一新奇一點的東西，就是眼前的景物。

仲夏的夜晚，天空像來不及卸下一身的疲憊，還抹著一層淡透的薄霧。月亮不知去了哪裡？連星星也顯得黯淡。

只有公園裡，那一窪的水池邊，一群青蛙嘓嘓的叫不停。

阿克正想著那天躲在屋腳下的青蛙，不知是否找到回家的路？

「阿克，別胡思亂想了。」

吉婆婆臨走前，回頭嚴肅的看了阿克一眼，阿克瞬間抓回飄出的思緒，安靜的點了點頭。

這是一種不會改變的過程，一個鬼屋管理者，一個被列管的鬼屋，持續著好長好長時間的相同應對模式。

那是一種無聊、厭煩，又無法打破的一種循環。每天的工作就是製造陰暗、衝突、沉悶、驚嚇、恐懼和死亡。

阿克輕輕的嘆了一口氣：「今天，我又嚇了一個孩子。」

那是一個白胖胖的小男孩，和爸爸媽媽一起來看房子，阿克在他們進門前，就站在門後等著。

那一個孩子很機靈，一進門就看見在門後的阿克。阿克照例向他招招手，把他帶離大人的身邊。

鬼屋的第一原則，絕不能心軟。

第二要務，要愈鬧愈凶。

第三鐵則，絕不罷手。

林林總總，最後就是要人盡皆知。

吉屋出售

阿克早就背得滾瓜爛熟，要做個鬼名遠播的鬼屋，只有把心塗得愈黑，才能在年度的鬼屋大賽中，拔得頭籌，坐上第一名的寶座。沉默的鬼屋阿默就是這樣多年霸佔著鬼屋龍頭寶座。

阿克有時羨慕，有時卻很排斥，就像壞事幹久了，好想任性的做一次好人。阿克招來小男孩後，用邪惡的機器人引他上樓，小男孩天真的問：「你是誰？」

「我是這裡的主人。」

「我叫小胖。」那小男孩介紹自己，又好奇的問：「那你在這裡做什麼？」

多笨的問題！阿克心裡想著。進來鬼屋，鬼主人當然是來嚇他的，難不成要請他吃糖嗎？

孩子並不會有心機，常有壞點子的多半是大人。阿克知道帶看房子的小林正在介紹房子有多好，介紹房子很搶手，要買就要快。但小林從來不會說阿克這房子門是空心的，樓梯有塊磚會割人，三樓會漏水長壁癌，更不會說，這是一間──鬼屋。因為說了就賣不出去。

阿克冷冷的說：「嚇你。」

阿克隱身，又倏的現身在男孩小胖的身後。

小胖的背脊一涼，還來不及看清阿克的臉，就被一隻無形手推下了樓。

結果如何，阿克不用想也知道，看屋的過程還沒完，那對夫婦就趕緊帶著小胖跑了。

阿克空虛的環顧房子。窗子不明，几案不淨，空氣混濁，陽光不進。典型的倒楣屋，他連一個願意停留的鳥朋友都沒有。有時想想，真覺得悲哀。

唉……長嘆是突顯阿克的無奈。

「你為什麼嘆氣？」

怎麼會有人突然來到旁邊而他卻不知？阿克低頭一看。是那個小男孩小胖，頭上還包紮著繃帶。

「你怎麼還敢來這裡？」

「我……我……」小胖眨眨眼。

「也好，反正我也無聊。陪我聊聊天吧，我不會再出手了，我收工了。」

小胖並不敢多說，只是在階梯前坐下。

「怕鬼是吧？」

小胖點點頭。

「不要買我這裡，我這裡是鬼屋。」

阿克看小胖沒說話，怕他是嚇傻了，只好繼續說：「我這間鬼屋，只值兩百萬，人家要賣你們五百萬，當你們是冤大頭。買屋也不做做功課，房屋資料也要會看吧。」

看那小胖子張大嘴，張大眼，阿克話也沒停：「第一個買我這間的人住了一星期，就車禍送醫院沒回來了；第二個買屋的人，住了一個月，找了三個師父來看，全都嚇走了；第三個還沒搬進來，只看了我一眼，就中風沒起來；第四個住得久一點，半年，半年後也進了精神病院。至於第五個……你們要成為第五個買主嗎？」

「不要不要。」小胖嚇得猛搖頭。

阿克看了哈哈大笑：「量你也沒那個膽。」

「可是我們很需要房子。」小胖怯生生的說。

阿克的笑聲斷了，沉沉的嗯了一聲。空氣又變得很冷。

小胖探了探頭，看了看阿克，又默默的把頭縮回。

許久……

「幫我個忙好嗎？你去找一個叫維多的小孩，跟他說我上次把他嚇得進醫院躺三天，我很抱歉。並跟他說，他們要買的那間房子，是死巷子，也叫無尾巷，氣流是死的，流進不流出，不要買。城中四號的房子，很適合他們。」

小胖答應了阿克的請求，替他傳了話。

第二天，小胖又在同一時間出現。

阿克感覺多了個伴。想想自己多久沒有一個可以聽他說話的同伴，他就不忍露出鬼臉趕他走。

「還怕我嗎？」

小胖一會搖頭，一會點頭。

阿克笑得很大：「隨便吧，怕也好，不怕也好，你再幫我傳個話。」

嗯！小胖點點頭。

「請幫我跟住在第一市場賣豬肉的小女孩小靜說，她一直害怕小偷，是因為我把害怕的影子放進她的心裡。你到我門口，摘下在牆角那株茉草的葉子給她含在嘴裡再吐出來，她就不會再疑神疑鬼了。順便跟她說，學校旁邊那間房子，以前死了太多小動物，不適合他們居住。叫他們去找一個叫阿忠的年輕人，他是個有良心的業務，會幫他們找到好房子。」

小胖依照阿克的話去找了小靜，果然幫小靜去除了心中的鬼影，也和小靜成了好朋友。

當然，小胖也不再怕阿克，他有空就往阿克的鬼屋去，有時一坐就是到深夜。

「怎麼還不回去？」阿克問。

「爸爸媽媽去做夜市還沒回來，他們回來之前我會回去的。」

原來是一個父母為生計忙碌而沒時間照顧的孩子。

阿克呵呵笑著：「那你怎麼不去打電動，專來鬼屋找鬼聊天。」

「打電動沒有比跟鬼屋講話好玩。」小胖實話實說：「還可以學到很多東西。」

「學到東西？」

「是啊，像買房子要看地段，不是人家跟你說多少錢，你就買多少錢，還要看自己的錢夠不夠，銀行會借你多少錢。還有環境也很重要，不要住巷子不通的地方，不要住陽光照不到的地方，房屋的地面要平整，這都很重要。」

阿克讚許的點點頭。

「那你再幫我個忙。」阿克說：「你幫我去找在工廠上班的一個單親媽媽，跟她說她的小孩會昏睡，是拿了洋娃娃鬼屋的東西，請她把人家的玩具熊送回去就好了。也跟她說，廟的前後左右房屋，最好不要買，房子四周也不要有臭水溝經過，遠方飄來的氣味也會影響住屋的品質。記得跟她說，她看過那個公園的房子，小雖小，卻很乾淨。」

小胖照著阿克指示去做，剛開始並不太順利，直到那單親媽媽找到床底下的玩具熊後，事情才有圓滿的結果。

時間過得很快，和小胖經常的對談，讓阿克幾乎忘了抱怨時間的無聊。直到涼入屋內的風降了好幾度，阿克才驚覺已近中秋。

只是一連好幾天，小胖沒有出現。

阿克想他是要考試了。

又過了兩天，阿克想小胖是去高雄外婆家。

又過了一個星期。阿克覺得不安。他知道小胖不是一個會失約的孩子。於是阿克託流浪狗大方去打探消息。

大方是條老狗，有混跡最底層的老練，阿克以允許他睡在鬼屋一夜做為交換條件。大方老狗動作迅速，眼線也多，不到一晝夜的時間，就帶回消息。

「小胖他們去看房子，被帶到燒炭鬼那間小房去，房裡的一家四口不想把小胖放出來。」

阿克知道那間屋子，裡面的一家人在四年前的耶誕節前夕，就正式記載於鬼屋名冊。那是一個層級不高的鬼屋。

「裡頭的氣味不好聞，我出來就咳個不停。」大方老狗大口喘著，呼出的氣都還有濃濃的煙炭味。

阿克知道事情不能再拖下去。

當天夜半阿克就在和吉婆婆道晚安後，邀了那燒炭家的男主人出來談判。

他們選在一間二十年前失火的戲院騎樓下。秋天的風經過了那兒走得特別急切，不時捲起地上一堆售屋租屋的廣告單亂飛。

「我知道你們也是仁慈心善的一家人。」阿克開門見山的說。

對方男主人苦澀一笑：「從當鬼的那一天起就不知道什麼叫善心了。我這麼做也是逼不得已。」

「你也是為了你們家孩子。」

「是的，當年要不是被債務逼急了，也不會就這樣帶孩子走。現在為了孩子，我必須以那個男孩一條命，換我一個孩子的新鮮空氣。」

阿克點點頭，接著說：「要不我們達成一個協議，放了那個孩子，我們的空氣環境互換。」

阿克看對方家長頓了一下，馬上補一句：「我的位階比你高，硬搶你也打不贏我。我把最好的條件給你，你們全家都能擺脫那個混濁的空氣，再下一秒，我反悔了，世上就再也找不到這麼好的機會了。」

那夜裡，阿克做了這輩子從來都不曾想過的交易。

兩個星期後的深夜，露水深重。阿克聽到吉婆婆的腳步聲緩緩走近。

「阿克，今晚過後，就不能跟你說晚安了。鬼屋界已將你除名，你的能力已經無法保護自己，也無法維護鬼屋的名聲，你已經被交易出去。孩子，我還能為你做些什麼？」

「謝謝您，吉婆婆，您能為我傳話給小胖，我就已經很高興了。何況，您今天晚上說的話，已經是這十幾年來說最多的一次了。」阿克由衷的感謝。

吉婆婆收起嚴肅，露出難得的慈藹：「那孩子來了，你們好好聊聊。」

秋天已近尾聲，風更涼了一點。小胖還是一件短袖T恤穿出門。

「不冷嗎？」阿克如願的盼到小胖，還好，和以前一樣，胖嘟嘟一個。

「不會。床上躺了好久，現在終於可以跑出來找你。可是……你的房子怎麼都是木炭的味道？好像在烤肉耶。」

「哦，烤肉？」阿克看看小胖一派天真無憂，想想自己也將雲淡風輕，他不禁哈哈笑起。

「別管烤肉了，記得我跟你說的那些買屋要點嗎？」

小胖點點頭：「地點、地點，還是地點。」

「哈哈，但還是要量力而為。福地福人居，有福的人自然會有福氣找到好屋。還有，別忘了，房子也會自己找主人，每間房子都有守護靈，會保護房子，也會保護房子的主人。」

「小胖，明天以後就不要來這裡，這裡將變成平地，我要去遠方旅行。」

「你要去哪裡旅行？我可以去找你嗎？」

阿克笑著搖搖頭：「我要去哪裡我自己都不知道，你要去哪裡找我呢？」

「那你會回來找我嗎？」

阿克望向遠方。天空，像第一天見到小胖一樣，灰灰暗暗，這世界似乎沒什麼改變。

「或許吧。」阿克輕聲的說著。

只是，小胖卻睡著了。

阿克不禁莞爾一笑。再見了，小朋友。

天亮了，挖土機轟隆隆的一層一層拆掉房子。

來來往往的人車，都在與時間賽跑，誰會在乎一間房子的消失和興起？

夜裡，吉婆婆的腳步聲依舊，只有在風中能輕輕聽到那一聲淡淡的嘆息：「相信這世上也沒有人會在乎哪裡又多了間鬼屋。」

一年後，小胖和爸媽來看房子，帶看房子的仲介叔叔自我介紹，他叫阿忠。阿忠叔叔說，有間房子一直來來去去賣不掉，或許他們會是有緣人。

當門打開的那一剎那，迎來的風好暖和。小胖聽到阿忠叔叔說福地福人居，有福的人自然會有福氣找到好屋，而房子也會自己找主人。

你們信嗎？
小胖始終相信。

本文榮獲二〇二一年桃園鍾肇政文學獎童話組副獎

編委的話

・周芯丞：

眾人皆知的鬼屋是大家試膽之地，卻成為有生命的角色，讓文章中的劇情，將畫面一一呈現在眼前，栩栩如生。人生，不會所有事都是做對的，但總會有改過自新的機會，在那時，應該要像阿克看齊，不顧自身的處境，勇敢幫助別人，不再做壞事。

・翁琪評：

去鬼屋總讓人覺得害怕，但故事裡的阿克身為鬼屋理應喜歡嚇人，長久下來卻讓他厭倦了做壞事的日子，所以，他教授小胖選擇好屋的技巧，最後還犧牲自己，而小胖到最後都渾然不知阿克為他所做的一切。其實，我不喜歡這樣的結局，付出竟然沒被對方知道，更不用說得到感謝，這太過於寫實了，真令人感傷。

・**黃若華：**

使人感到恐懼的角色，卻願意犧牲自己來換取他人幸福，如此善良的心和真摯的態度，深深感動讀者，看見藏在心中的不情願和無奈。鬼屋從一開始的迷惘、中途內在的改變和心靈的波動，再到最後心如止水的看待事物，這之中的心境轉折和想法改變，也值得我們深入探討。

・**黃秋芳：**

就創意而言，取材獨特，構思慧黠，行進合情合理；就桃園文學獎的時空背景來看，炒房，看屋，造夢與毀滅，意義強烈。感覺上，更偏向「成人童話」，能夠引出小評審的共鳴，有點驚喜。

茶壺與小花

時敏

內頁插畫／李月玲

作者簡介

獲數個劇本獎。
創作的時候特別喜歡寫對話。文字之外，同時畫圖。房間有植物。
歡迎光臨 IG：by42windows

童話觀

和小孩說話時，用詞跟語調與平常一樣，把他們當作大人。
成年的我們都當過小孩，對長大有很多期待和想像，所能明白的事會越來越多。
這是一個系列作，敘述不同的龍遇到不同的生物。
若在閱讀時能讓讀者產生「還有其他的發展可能嗎」的思考，那就太好了。

深夜，仰頭朝天空望去，是一輪滿月和幾顆少少的星星。仔細一看，竟然有一個小光點在移動，那是數萬枚的鱗片同時反射了月光和星光，原來是一隻龍正在飛行。神奇的是，他抱著一個巨大的鐵箱。

如果有望遠鏡的話，可以觀察到龍的身上側背一個奶油色的可愛茶壺。壺嘴似乎塞有一顆石頭，因此茶水沒有在空中漏下來。我們就先稱這隻粉色系的龍為「茶壺」吧。茶壺的鱗片有著深淺不一的粉。有珊瑚的橘粉紅，珍珠的灰粉，和夕陽中棉花糖薄雲的淡粉，現在全部泛上一層淺藍的光澤，也包括那個神祕的鐵箱。

突然，有三顆流星迅速的劃過，最大最亮的那一顆直直的朝茶壺飛過去。茶壺趕緊轉彎，沒想到又來了第四顆流星，速度快到他來不及再轉彎，立刻停止拍動翅膀，猛然一降。幸好他成功閃過，差點就燙掉好幾百枚鱗片。

正當茶壺重新拍動翅膀來提升飛行高度時，他發現身體變得好輕鬆。剛剛真的是千鈞一髮，他甚至開心的想要唱首歌。於是，他決定先喝口茶潤潤喉，此刻他才注意到龍爪，空空如也。

他呆愣的看著雙手，一秒過去，兩秒過去。

鐵箱呢？

掉下去了！

他驚慌的往下一看，是茂密的古老森林。一定剛才為了避開流星，不小心鬆開了爪子。他十分懊惱，立刻降下飛行高度，朝森林前進。

糟糕了，待在裡面的客戶有平安嗎？一想到這，茶壺擔心到臉色都要發綠了。

茶壺是一名保鑣，負責在約定的時間內保護客戶。

這次的客戶既特別又脆弱，因此客戶決定住在堅固無比的鐵箱裡旅行，希望茶壺能一路保護他。

「聽得見我的聲音嗎？」茶壺大喊，「你還好嗎？」

森林中本來在睡覺的鳥幾乎都被茶壺嚇醒了，不停吱吱喳喳的討論。他們看到暖粉色的茶壺越來越靠近，都以為是太陽出來了。

「抱歉，現在其實晚上，真的很抱歉……」茶壺困窘的放低音量，但翅膀一拍如同強風吹拂，龍的翅膀實在太大了。

他明白不能繼續停在這，得快點找到客戶才行。

他的責任是保護客戶。

「請問有誰看到一個鐵箱嗎？大概跟……」茶壺一時間不知道要拿什麼東西來比喻鐵箱的長寬高，他只好在胸前比出一個方形。這時，森林深處傳來一道幽長的「咕咕」。那是一隻貓頭鷹，晚上以來他一直保持清醒。

貓頭鷹飛到森林中最高的神木樹稍，大眼睛水汪汪的盯著茶壺，然後舒展開一邊的翅膀，以較長的飛羽指向不遠處的陡坡，上面長出一棵年輕的紅檜。貓頭鷹問茶壺，「鐵箱跟那棵樹差不多高嗎？」

茶壺立刻點頭。

貓頭鷹靈活的轉動頭，往一百二十度的方向說：「剛剛從天上掉到那裡了。」

「非常謝謝你。」茶壺不好意思的問：「我真不知道怎麼感謝你……」

貓頭鷹大方的張開羽毛豐盈的雙翅，說：「沒關係，你快去吧。」

茶壺很感動，簡單的告別貓頭鷹後，他飛了過去。

抵達現場後，他驚呼：「天啊！」

有兩棵粗壯的古樹硬生生的斷裂，它們的樹葉和樹幹壓倒附近的小樹和竹林。當然，鐵箱也受力變形了。

「你還好嗎？有受傷嗎？」茶壺用龍爪使勁一揮，清掉鐵箱上雜亂的樹葉和樹幹。

「是你嗎？是龍嗎？」鐵箱裡傳來虛弱的聲音。

「是我，非常抱歉！再等我一下！」茶壺蹲好腳步，打算把卡在土裡的鐵箱穩穩的拔出來。

「我沒事。」聽見客戶的回答，茶壺稍微放下心中的大石。茶壺的態度仍然認真嚴肅，他問：「請問要出來透透氣嗎？我想好好的確認有沒有傷口。」

「好的，我想出去。剛剛……」雖然隔著一層厚重的鐵箱，茶壺依舊聽得出客戶在害怕，這讓茶壺很內疚。客戶怯怯的低聲問：「剛剛……是被攻擊了嗎？」

茶壺回想起那四顆流星，突然糾結要不要說出實話。要向客戶坦誠其實「是被流星嚇到才放開手」嗎？

對大多數的龍來說，流星是無法預測。茶壺也好幾次聽說有龍被流星砸到，但比起真正的空中戰鬥來說，躲避流星是簡單一點的工作。不管流星又快又燙，茶壺都沒有理由不抱緊鐵箱。

他明白這次是自己粗心了。

拔出鐵箱後，茶壺靈巧的用爪尖來回轉動鐵箱上的密碼門，俐落的解鎖，拉開鐵門。裡面有一塊約西瓜大的冰塊，冰塊中有一朵半透明的花。

每過幾秒，這朵花會改變型態，從薔薇變成百合，又變成小雛菊，接下來是茉莉花。

它半透明的質地也會隨型態產生變化，從火紅褪為象牙白、稻熟黃、蛋殼白，像是在流水注入不同種顏料，是一朵非常神祕又美麗的花。

這朵花正是茶壺的客戶。它的品種特別稀有，有許多的美食家盯上它，猜想吃掉它是否能一口嘗盡上百種花的美味。相傳吃掉它，還能長生不老。

先稱呼這朵花為「小花」。小花躲在冰塊睡了幾百年，醒來後發現冰塊逐漸融化，它怕有危險，所以請茶壺當保鑣，才會住在堅硬的鐵箱裡。

它相信茶壺，因為龍是遠古的生物，早已看過各種奇妙的東西，而且龍足夠長壽。另外，龍的身體強壯，飛行也敏捷，非常適合當保鑣。

這時，清幽的月光滲入冰塊內，光線在裡面溫柔的折射，小花才發覺自己身處於夜間的森林裡。

接著，小花敬佩的望著茶壺。

它心想剛才他們一定是遇到非常強大的敵人！茶壺為了保護它，只好先找個地方替自己避難。雖然觸地的力道過猛，但沒關係，一定是場面太緊急了。結果比較重要，茶壺依然漂亮的擊退對方。

真是找對保鑣了，小花心想。

察覺到小花的崇拜目光，茶壺心虛的垂下雙眼，不敢對視只好看冰塊。下秒，他驚愕的張嘴，冰塊居然出現深深的裂痕。

小花順著視線看過去，它卻一點都不慌張，反而是溫和的說：「好久沒活動活動了，請等我一下。」

小花心想，是時候跟冰塊說再見。它優雅的朝夜空伸出一片葉子，另一片葉子推開冰塊的碎片，稍微甩動花萼和花瓣滴下水珠。現在，它是一朵鐘形的淡雅桔梗。

小花終於離開了冰塊。它深呼一口氣，不久，花瓣逐漸變大，透出紅色，即將變成一朵豔麗的扶桑。

為了慶祝小花的自由，茶壺折下兩段竹節，一節放在小花的前方。接著，茶壺拿下奶油色茶壺，以爪尖捏起壺嘴裡當作木塞用的小石子。茶壺注意到小花的仰望，於是將小石子放在小花的前面，讓它欣賞。

那是一顆佈有斑斕油彩的蛋白石。小花看得很著迷，心想茶壺是個講究的龍。

在小花賞石時，茶壺拎起奶油色茶壺，倒出香氣十足的茶，分別裝到兩個竹節中。

「好喝！」小花將根伸入竹節內，喝得最後一滴都不剩。它好奇的問：「水壺不是更好攜帶嗎？」

「我喜歡茶壺。」茶壺略帶羞怯的說：「有點像是在野餐。」

他們一起仰望星星和月亮。

茶壺喜歡跟任何人一起喝茶。這個時候很放鬆，不論是聊天，還是安靜的陪伴都很美好。他每次的護送任務都好幾天，精神常常緊繃，要是短暫的一起喝茶，就像交到朋友。

「我想找個平靜的地方住下來。」小花決定告訴茶壺它的祕密，「我只要敷上泥土，就能盛開滿山滿谷的花海。」

它的身上蘊藏許多生命力，能不停變化各種花朵的型態。

「機會只有一次。」小花慢慢的說，「一旦我住到土裡，就要決定好自己想永遠當什麼花，不可以再改了。」

茶煙裊裊，往月亮升去。茶壺讚嘆，「不管怎麼樣，一定都很美。」

「用你的粉紅色吧。」小花開心的搖曳花瓣，「我好久沒這麼放鬆了，這幾天真的很謝謝你。」

這時，茶壺的胸口像是有一百個煙火熱鬧的升空，燦爛又快樂，但一想到流星的事，煙火瞬間一一無聲的熄滅。他覺得好慚愧，遲遲對小花說不出口。

他們喝完茶後，小花暫時住到奶油色的茶壺裡。茶壺收拾環境，把尚活著的小樹和竹子好好地插回土裡，將變形的鐵箱揉成更小的鐵方塊，用幾條粗壯的藤蔓好好固定在龍背上。

茶壺和小花再度展開飛行。

小花從奶油色茶壺的壺口探出一小截身體，往下俯瞰。

這是它第一次在這麼高的地方睜開眼睛，底下不管是池塘或大樹，全部變得好迷小，比小葉欖仁的葉子還小，世界原來如此寬廣。對小花來說，一切都很新鮮有趣，同時它卻有點傷心的感嘆：「原來我錯過這麼多的風景。」

「現在才是剛剛好喔～」茶壺眨眨眼，「前幾天的話，你可能累到瞇瞇眼。」

聽見茶壺的安慰後，小花回想這幾天它待在鐵箱裡真的睡得很舒服又心安，心裡暖暖的。

「有看到中意的地方嗎？」茶壺問，他記得小花的任務委託是飛到哪裡都可以，總之飛得越遠越好，最好是一片陌生的土地，沒有誰知道關於這朵花的任何謠言。於是，茶壺不眠不休的持續飛行好多天，直到今晚遇見流星。

小花看見遠方有海，丘陵上有森林，台地有草地，這裡好像都是適合居住的好地方。小花猶豫了，向茶壺問：「你一定看過很多很多的風景，可以推薦我嗎？」

「這個嘛……」茶壺思考了一下，問：「那麼，請你先試著思考你最想要、最喜歡、最希望那個地方要有什麼特質，我才能真的幫上忙喔。」

說得也是。小花領悟了，這是關於它自己的重要決定，確實不可以全部交給茶壺煩惱，它也不打算簡單的回「我不知道」。

過了兩分鐘後，小花平鋪直敘的說：「我喜歡亮一點的地方。雖然暗暗的地方好睡覺，但晚上可以亮一點點的話，會比較安心。」

「收到。」茶壺露出乾淨的尖牙微笑，「等下風會比較大，你想休息可以再休息喔。

快到的時候我會叫你。」

「謝謝！」小花看著前方的雲動得很快，它躲回奶油色茶壺裡，安心的闔上眼睛。

過了一段時間，茶壺說：「可以起來了喔。」

小花從壺口探出頭，往下一看，那裡是直接迎接大片月光面積的平坦綠地。它滿意的大喊：「我喜歡這裡。」

茶壺降落後，把小花放到泥土上。

「太謝謝你了。」小花激動的說，「你完美的達成了任務。」

一聽到「完美」兩字，茶壺的肚子緊張的抽痛。小花的笑臉耀眼的像夏日的溪水流光，茶壺吞回坦承真相的勇氣。以結果來看，小花確實安全抵達了目的地。他要是現在說出來，是潑小花冷水嗎？或許它聽完也不會放在心上。

茶壺很納悶，不知道該怎麼辦。

小花興奮的把自己埋進土裡，最後只露出一點點花瓣，仰望茶壺，真誠的道別：

「祝你成為更好的保鑣。」

「也祝你開心。」茶壺笑著點點頭，展開巨大的翅膀，頓時升空。

那刻，茶壺對自己立下一個重要的約定。回程時他深深檢討，要更慎重的對待每個客戶。

之後，茶壺果真履行那晚的誓約，他作為保鑣的名聲也越來越響亮。

許多年過去了，小花原本居住的綠地綻放上萬朵軟嫩的粉紅花。

那是桃樹。

直到地平線，即是小花所延伸的漫漫桃林。

風一吹，粉紅花瓣浪漫的飄在空中，隨風前進，通過丘陵，飛過山脈。

還記得貓頭鷹嗎？

一片可愛的花瓣緩緩的降落，最後停在貓頭鷹蓬鬆的茶色羽毛上，他又驚又喜。

本文榮獲二〇二一年桃園鍾肇政文學獎童話組正獎

編委的話

・周芯丞：

負責任是我們應該做的，勇於承認錯誤，也是我們應該做的，保護生態更是我們應該做的，而這三項重點，在文章中，清楚描述出來……。世界上啊，既美麗又稀有的事物，為何偏偏會被滅絕呢？明明是值得好好珍存的，我覺得大家可能缺少了愛與溫暖，才會這麼做吧！

・翁琪評：

小花找一隻龍當保鑣到處旅行，在過程中遇到危難，不知道這危難是由這隻有點粗心的龍所造成，還單純認為龍英勇的保護它的安全；面對小花的仰慕，讓這隻名為「茶壺」的龍有點心虛，始終不忍直說。現實生活中，我們也常糾結在說與不說之間，若說出來，有時真相很傷人，選擇不說，是一種體貼，但謊言也常常造成傷害，這樣的選擇真的很兩難。

・黃若華：

粗獷雄渾的龍和脆弱柔軟的花，形成強烈對比，外觀和個性上的撞擊，更凸顯他們彼此特別的關係。小花的型態變化無窮，正如尋找定身之處的不確定性和種種可能，以固態的冰保護擁有強大生命力的花朵，虛與實的層層包裹，極富層次感。

・黃秋芳：

桃園文學獎的參賽發想，一朵至柔的花，幾百年裹在液態至堅的冰裡，又鎖進固態至堅的鐵，把自己託付給遠古一隻粉色龍，直到在幾乎以「桃園」為模型的遠方，瀲灩成滿山滿谷的桃花，暖暖的，仰望星星、月亮，一起喝茶、聊天，安靜陪伴。

卷三

微笑，一彎窄窄的船

夜光蟲和藍眼淚

吳燈山

插畫／李月玲

作者簡介

少年投入寫作，至今興趣未減。雖然越走越孤獨，未曾離開文學森林。只感嘆世人不知文學是寶，透過閱讀或深耕心田，人們就能找到寧靜和快樂的自己。

童話觀

閱讀童話，我喜歡盡情發揮想像力，以自由的聯想讓故事情節融入生活，成為豐富心靈的綠洲。
創作童話，我的態度也是如此。

1

馬祖的夜光蟲公主一向喜愛藝術之美，尤其大自然的瑰麗景色，更獲得她的青睞。清晨，她躺在海上漂浮，看一輪紅日冉冉升起；黃昏，她欣賞海上落日餘暉織成的絢麗錦繡。夜晚來臨，她仰望滿天星斗和觀賞月亮陰晴圓缺，腦海裡浮現諸多綺麗的幻想。

這樣一位喜愛美和幻想的公主，最近卻快被憂愁煩惱淹沒了。想到族人正面臨存亡滅絕的關頭，她茶飯不思，眉頭緊蹙，卻想不出任何解決良方，心裡怎能不急。

族人賴以存活的海水中的營養鹽，不知怎的一天比一天減少；一些老弱婦孺因為糧食不足，導致體力不支，紛紛病倒，甚至死亡。

更可怕的是，餓死的情況竟有如瘟疫般蔓延，每天的死亡數字呈恐怖的直線上升；再惡化下去，恐怕將面臨亡族、亡國的重大危機。

起先，她以為這只是短暫現象，情況很快就會改善，沒想到事與願違。

國家存亡命懸一線，她是國王的獨生女，有義務也有責任提醒父王。想到這裡，她毫不猶豫跑去求見父王。

2

夜光蟲的國王這陣子愁眉不展，為糧食問題傷透腦筋。他召集緊急會議，要臣子們集思廣益，提出良方；可是臣子們個個想破了頭，問題依然無解。

公主求見，國王暫且離開會議場所，在小房間跟公主見面。

「大臣們討論出結果了嗎？」公主焦急的問。

「沒有。」國王搖搖頭。

「父王一定要追查出營養鹽減少的原因，才能對症下藥。」

「我也著急呀，可是沒有一個臣子知道原因。」

「父王，您不用太擔心，女兒去追查看看。」

公主決定以實際行動幫助父王解決問題。

3

公主從小就很仰慕父王，但這種仰慕從來沒有溢於言表，而是藏在心裡；也因為這樣，她害怕父王這次因過度聽信大臣之言，而毀了辛苦建立的一世英名。

從小公主就有個習慣，喜歡用自己的身體去試試海水溫度，去感受大海的深沉。今天從皇宮出來後，她獨自漂浮海面上，隨著水潮的流動漂移。

閉上眼睛，她開始禱告，希望事情能出現轉機，問題能迎刃而解。不知過了多少時間，她聽到有聲音在叫她。

她睜開眼睛一看，發現自己在不知不覺中已漂流到出海口旁，一隻貓頭鷹睜著大大的眼睛望著她。

「是你在叫我嗎？」公主問。

「嗯。我看你一臉愁容，想問你到底為了什麼事煩心？」熱心的貓頭鷹說。

公主遇到貴人，滔滔不絕的把國家面臨的處境一五一十的說出來。

貓頭鷹沉思片刻後說：「營養鹽日漸減少，那是海水受到汙染的結果，你們是單細胞原生藻類生物，能做的其實非常有限。不過，我倒有個建議。」

「請說。」

「離開原生地，另尋新生地。」

「您是說，我們夜光蟲必須來個大遷移？」

「只有這樣，才能徹底解決糧食短缺的問題。」

公主知道茲事體大，接著問：「那麼，何處是我們夜光蟲長久安身立命的地方呢？」

貓頭鷹說：「我聽說閩江水每年都會帶豐富的營養鹽來到馬祖周遭水域，這個地方，就是閩江水流經之地。」

真是一語驚醒夢中人，公主如夢初醒，一切問題的答案已經揭曉。她萬分感激的想向貓頭鷹博士致謝，可是一抬頭，貓頭鷹博士已展翅飛走。

4

公主趕回皇宮，向父王詳實報告。父王龍心大悅，感激的緊緊抱住女兒，說：「我的寶貝，你不僅救了國家，也救了全國百姓。」

不過，解決方案雖然出來了，卻遭到臣子們大力反對，他們辯說萬一新生地沒有預期中的美好，勞師動眾卻陷入更深的危機，如何對得起全國百姓。

反對勢力似乎日漸茁壯，不得已，國王召開全國代表會議，敦請公主當眾說明大遷移的原因，向國人釋疑。

公主一向寡言，但事到緊要關頭，她以懇切的心，滔滔不絕的闡釋搬家與不搬家的利弊得失，獲得代表們的普遍認同，最後以壓倒性的選票數量通過大搬遷案。

5

緊接著，公主立刻籌畫搬遷事宜。她心中除了感恩貓頭鷹博士外，也特別感謝父王的大力支持；如果沒有父王在背後撐腰，這件事不知還要拖延多久才能定案呢。

童年時，她和父王很親，常常一起看落日。有一天日已西沉，大海蒼茫，她害怕黑暗。

父王對她說：「白天走了，我們就用欣喜的心送走他，再用歡樂的心迎接夜晚的月亮。這樣，光明的世界與銀色的世界同時並存在我們心中，不是很好嗎？」

從此，她喜歡白天的太陽，也喜歡夜晚的月亮。至今，依然如此。

6

搬到新生地後，果然食物問題迎刃而解，公主受到夜光蟲們全力擁護，一致認為她是最好的國王接班人。

那天，她漂浮海面釋放壓力，藉以消除多日來累積的疲倦。在海邊，無意間遇到一隻老鷹。

公主主動開口問他：「老鷹伯伯您好，您一日千里，見多識廣，請問，自然界中能發光的除了我們夜光蟲之外，還有誰呢？」

老鷹歪頭想了一下，說：「就我所知，深海中的燈籠魚和陸地上的螢火蟲都會發光。」

「他們為什麼能自行發光？」

「燈籠魚的頭頂觸角有個發光器，是他捕捉小魚的利器。你知道嗎？深海是全黑世界，有了這盞發光器，就像在黑暗中提著燈籠捕魚，很快就能飽餐一頓。至於雌性螢火蟲會發光，那是為了吸引雄性螢火蟲進行交配，以利傳宗接代。」

公主聽了感慨的說：「他們發光都有堂皇的目的，我們夜光蟲發光不能僅是有趣而已。我喜歡美的東西，也許我們夜光蟲可以來點不一樣的，為世界增添夢幻色彩。」

夢幻色彩？老鷹不懂，他很快就飛走了。

7

愛美的公主說到做到，她立刻召集所有的夜光蟲聚集在一起，同步發光，雖然他們的光只是一閃而逝的藍色螢光，可是累積小光點成大光點，累積大光點成耀眼的藍眼淚！

公主的目的達到了，她成功的製造絕美的「夢幻美景藍眼淚」，吸引成千上萬的遊客前來觀賞，並注意到夜光蟲面臨絕種的問題，同時提供觀賞「炫藍祕境」的幸運機會。

公主帶給大家的，除了視覺上的驚豔外，還有一份美的悸動。

——原載二〇二一年六月二十三～二十四日《國語日報・故事版》

編委的話

・周芯丞：

大自然有恐怖的力量，也有神奇的力量，但那神奇的力量，依舊敵不過人類的汙染及破壞，大海帶給我們豐富的資源，卻得到了無情的對待，種種原因，使得大海默默在哭泣……。有些人聽見大海的心聲，正努力用行動維護著，我相信終有一天，世界會更加美好。

・翁琪評：

夜光蟲公主帶著所有子民一起發光，發光的結晶——藍眼淚，為世界增添夢幻的「美」。就像在這疫情不安的兩年中，大家謹守防疫規範，每個人發揮小小的力量，防堵疫情擴散，我們的現代藍眼淚聚在一起，團結力量大，一起度過昏暗時代，照亮了世界。

・黃若華：

夜光蟲在面臨困境時並沒有選擇低頭，反而盡力尋找解決問題的方法；藍眼淚除了美麗動人，還蘊藏無數的辛酸血淚。我們看見的，常只是事物表面的美好，卻沒有想到這背後的努力和暗藏的故事。

・黃秋芳：

寫科學，並不那麼科學時，文學味道就找到縫隙竄了出來。以「我要活下去」為感受主軸，情緒濃稠，共鳴強烈，表現出「動物求生奇蹟」時，更能激起「同理」和「同情」交錯共振的渲染力。

天氣廚師訓練班

陸荃

插畫／吳嘉鴻

作者簡介

生長台灣東部，從小喜歡文學但選擇攻讀較熱門的理工，大學畢業後赴美留學，南加大電腦碩士，曾在矽谷高科業工作多年。現專業寫作，立志創作能和影視競爭現代人休閒時間的文字作品。

童話觀

兒童必須成長融入成人社會，成為有為的中堅份子。童話是想像力開的一扇窗，教他們用「超常」的眼光來看世界。希望兒童在努力成長加入「平常」社會的同時，又不漸失每人與生俱來的獨特童靈。

1

小朋友，你知道天氣是怎麼來的嗎？

也許你會說：因為有雲所以下雨，因為天冷所以下雪。

這雖然沒錯，但是……為什麼會有雲呢？又為什麼有時有雲並不下雨、有時卻大雨不止？同樣地，有時天冷並不下雪，有時卻大雪紛飛？

還有為什麼春天農作物生長需要雨水時，天氣總是很合作的下雨，而秋天收穫不能有雨時，天氣又變得不下雨了？

其實雖然表面上天氣是因為風雲雨雪等因素，但骨子裡它們卻都是由各地的天氣廚師精心調製出來的。

什麼？天氣還有廚師？——你一定覺得荒謬可笑，就像我第一次聽到！

那年我十歲，一天，娘說：「小龍呀，從下個禮拜起你不能再每天吃飽飯就光顧著四處遊玩，你爹請了個先生到家裡來給你補習雲雨學，準備你今年夏天去報考天廚訓練班！」

「什麼是天廚訓練班？我才不要報考什麼天廚訓練班！」

「呸呸呸，小孩子家知道什麼，別信口胡說！」娘訓道。

她跟我解釋，從古以來各地的天氣廚師都是由散居五湖四海的龍族世襲擔任，但近年他們常烹調出使蒼生怨聲載道的水旱天災，所以天庭宣佈從今年起將在各地成立十個天廚訓練班，培育真正有天分實力的天氣廚師，並且訓練班將開放讓所有水族報考。

「你要考進了天廚訓練班，將來成為掌管一方風雲雨雪的天氣廚師，那我們一家子就可以跟著躍龍門晉陞貴族，我說寶貝兒子呀，咱們草蝦一家將來都靠你了！」

娘一生的願望就是我們家有朝一日能脫胎換骨，晉陞為水族中人人羨慕的龍貴族，所以她將我取名「小龍」——但蝦族哪有人叫這樣的名字？所以鄰居的小朋友都取笑的叫我：「小籠蝦」。

我當然說不想補習什麼雲雨學，你想有哪個笨蛋會願意成天關在家裡唸書，考什麼天廚訓練班？還有當草蝦有什麼不好，又何必去躍龍門當貴族呢？

可偏偏就有人想不開——譬如我們家的小蝦妹！

「娘，那隻笨籠蝦整天只會蝦混蝦玩，他哪學得會雲雨學，考得上天廚訓練班？不如讓我來補習好了，我保證一定給你考上天廚訓練班，將來光宗耀祖，讓娘當個威風富貴的龍蝦媽！」小蝦妹獻殷勤道。

她最討人厭了，不但凡事跟我唱反調，還最喜歡跟我競爭，每次玩跳蝦、爆蝦都一定要贏我才甘心，她愛學雲雨學當天氣廚師，讓她去補習好了，誰稀罕！

可是娘卻說：「哎喲喲，我的小蝦妹呀，這天廚訓練班只有男生可以報考，天氣廚師職位雖小好歹也是個官兒，自古當官都是男人，哪有女人當官的！你還是安分點，乖乖跟泥鰍妹她們去岸邊玩跳房子，不過小心點別曬紅身子將來嫁不出去，留在家裡當一隻乾癟的紅蝦米！」

「老是擔心人家曬紅身子變蝦米！」小蝦妹嘟著嘴不情不願地走了。

但她並沒有就這樣放棄。

我開始補習幾個禮拜後，一天先生在課堂考我：「三兩中級雲苗，以八成火候熬兩個時辰後可以降下幾寸的雨？」

三兩？……中級？……兩個時辰？……我在計算紙上照背誦了幾天的公式計算好半天，才不確定的回答：「嗯……兩寸？」

先生臉色一沉還未發話，窗外卻傳來一聲嘲笑：「一點九八寸啦，這麼簡單的習題算了半天還算錯，真是隻笨籠蝦！」

「小蝦妹！」我氣得把課本往窗外扔去，聽見她嘻笑著跑開。

課後我去跟娘告狀，叫她不准小蝦妹在窗外偷聽搗亂，可是小蝦妹卻吵著說：「娘，人家也要學雲雨學嘛，為什麼笨籠蝦可以學，我就不行！」

最後娘答應讓小蝦妹跟著我在課堂學習，但不准她隨便出聲搗亂，擾亂秩序。

這下可好了，之後每次先生問問題，小蝦妹總是第一個把手舉得高高的。

譬如先生問：「會下雨的雲有哪幾種？」

小蝦妹馬上高舉雙手，一邊忍不住興奮道：「我！我！我知道！」

我瞪了她一眼，她趕緊摀嘴不敢再出聲。

可是先生卻總是不點她，專喜歡找我麻煩。

「海棉雲……黑……黑泥雲？……還有……嗯……」我記得還有一種，卻怎麼也想不起來，「是叫奶油？還是蛋糕？還是……饅頭雲？」我不確定地小聲道。

「還包子雲咧，你這個笨饅頭，整天就只想吃！」小蝦妹在一旁摀嘴竊笑。

要遇到先生出題考試，我總是忙得搔頭抓頸滿臉大汗，卻轉頭看見小蝦妹彷彿早寫好了一臉清閒得意，我不相信的往她桌上瞧去，她馬上很緊張的用雙手圍住試卷，一副很怕我偷看的樣子！

真是臭美，誰要偷看她的答案？我根本就不想考上訓練班嘛！

但現在為了不想落後太多，每次在她面前出醜沒面子，只好被逼得也用功起來，免得老是被她嘲笑：「笨籠蝦！」

到了夏天我去離家不遠的小湖隨隨便便考完試，一回到家馬上把雲雨學及天廚訓練班全拋腦後，又恢復從前天天吃飽飯就四處遊玩的日子

然而一個月後突然有個一身官服的快報飛魚來到家中，恭恭敬敬的從紙匣請出一道紅布聖旨，雙手捧拿高唱道：「奉天承運，恭喜貴公子從數百考生中脫穎而出敬陪末座，嗯……」他突然放低聖旨嘻嘻一笑解釋：「這個敬陪末座，就是僥倖吊車尾勉強及格的意思啦！」說完又收起笑容正經八百的繼續唱道：「請於下個禮拜帶著本通知到太浩湖東的天廚訓練班報到入學。欽此——」

唱完飛魚先生似乎還意猶未盡，又說：「這個欽此你們懂嗎？要不要我解釋一下……」

但爹娘聽到我考中了，早激動得一把鼻涕一把眼淚，又雙雙跪下來搗頭拜謝天地

及祖宗八代，還管他什麼欽此不欽此！

一旁小蝦妹卻抱著肚子大笑不止，「哈哈哈，笨籠蝦僥倖吊車尾敬陪末座！」

只有我站在原地目瞪口呆說不出話來，心中想著：「天哪，我怎麼會……糊里糊塗的考上了呢？」

2

就這樣我離家來到百里外的本省最大水域太浩湖，乖乖，真是小溪蝦進城，我從來沒見過這樣一望無際湖水、這麼多千奇百怪的魚蟹蝦鱉水族。

我還第一次親眼見識了龍貴族。

事實上，我們訓練班的先生就是一個退休的天廚龍爺，他頭上有兩對枝椏交錯的灰白長犄角，臉上一對瑩綠的銅鈴大眼非常嚴厲嚇人。

第一天上課他就問道：「你們都是通過考試的優等生，有多少人自認為有能力擔任天氣廚師了？」

許多同學舉手，那些沒舉手的一看情勢不妙也一個跟著一個舉手，最後只剩下我，所以我也舉起手來。

「很好。」先生冷笑一聲，「那哪個同學上來調製一個清明時節雨紛紛的天氣？」

「先生我來！」自願的是一個頭戴紅珊瑚冠、全身金碧輝煌的小少爺，聽同學說他是當地太浩湖龍王的獨生子小敖。他頭上有兩根還沒分枝的綠色小角從珊瑚冠中冒出來。

小敖非常自信的走至講台前的天氣實驗檯，他從幾排罐中挑出一個寫著「雲苗，中級」的鐵罐，打開倒出。我從沒看過雲苗，想像大概是像棉花糖那樣膨鬆輕飄的東西，結果卻不是，它看起來竟像是用來擀餃子皮的麵團條。

小敖掰下一小塊，秤重後放進一個頂蓋盤著赤龍的小爐中。

然後他挑出另一罐寫著「風子，低酸」的鐵罐，他倒出兩顆像黃豆般的風子放進爐中。我雖然雲雨學忘得差不多，但還記得書中說過「風子」是造風的原料，數量越多、酸度越高風就越強勁。

再來他拿出「天椒，中辣」倒進一些些，這是決定天氣的熱度。

之後小敖蓋上爐蓋，卻又停手遲疑一下再重啟爐蓋，他轉身又去那幾排罐中找了半天，挑出一罐寫著「寒霜」的。

先生問：「你既然用中辣的天椒粉，幹嘛又再加寒霜，為什麼不直接用低辣的天椒粉？」

「因為清明時節的仲春天氣應該要忽熱忽冷，所以用中辣天椒粉又用寒霜。」

先生點點頭，沒再說什麼。

小敖將爐蓋蓋上，點了火，過了半分鐘爐蓋頂端的龍口逸出一陣雲煙，飄向前方一個跟本省地形一模一樣的小模型。

這陣雲煙看起來就真像是清明時節煙雨濛濛的天氣。

但這天氣到達模型後卻毫無下雨跡象，又前飄一小段距離後在城鎮上方停止移動下起大雨，不一會兒雨便像潑水般下個精光然後煙消雲散，同時地上城鎮倒楣的淹起水來。

小敖沒料到自己的細雨濛濛清明天氣，最後卻大雨成災，不禁臉紅尷尬起來。

「你用中級雲苗和低酸風子都沒錯，用中辣天椒攙寒霜來製造春天的忽冷忽熱也很有創意，但是，清明的天氣必須用小火慢熬，而且更重要的是少了一樣原料——」先生停頓下來環視我們，問道：「有沒有人知道是哪樣原料？」

沒有人出聲，好片刻後我座位旁的另一位名叫小洪的龍少爺怯怯的舉手說：「梅粉。」

梅粉？……什麼是梅粉？——大家跟都我一樣一臉茫然，似乎沒有人聽說過梅粉。

但先生點頭稱讚：「很好，說對了！」

大家都轉頭好奇的朝小洪同學看去，他臉紅害羞的低下頭，他雖然跟小敖一樣是個貴族龍少爺，但他既沒有耀眼的珊瑚冠且衣著樸素，人又長得瘦小，沒有半點小敖的富貴龍氣。

先生進一步解釋：「你們梅粉不知道，那總聽過清明是梅雨季節吧，你以為這是因為梅子正好成熟的緣故嗎？那是剛好湊巧世人錯以為，其實梅雨是雲苗加了梅粉，才會下出綿綿不絕的濛濛細雨。」

這時我才知道，即使熟記了雲雨學裡的公式，離調製出符合節氣的風調雨順天氣還有一大段距離。

先生又告訴我們：

「為什麼叫天氣廚師？因為調製天氣就跟烹飪一樣，是種藝術，光憑公式與知識是不夠的，就像雖用同樣的材料與食譜，不同的廚師就會烹調出不同口味的菜餚。

「這就是經驗與創造力的差別。

「你們來這天廚訓練班，就是為了吸取經驗，鍛鍊創造力。

「從下個禮拜起我每週都會出題抽考，沒有通過的人就會提前退學回家，半年後你們之中只有五個人可以過關，成為真正的天氣廚師。」先生說。

從那天起大家都勤奮用功，不是埋首苦讀《雲雨學》及《二十四節氣天氣大全》這兩本教課書，就是待在教室裡不斷試作《天氣大全》裡列出的近百種不同天氣。譬如我隔壁的那位很厲害的小洪同學，每天一早我吃飽飯趕到教室上課，就看見他已坐在座位不用看書地調試一道又一道奇奇怪怪天氣。

我到現在連《天氣大全》裡的天氣定義都背不出幾條來呢！

大部分同學都跟小洪小敖一樣想要成為天氣廚師光耀門楣，但也有少數像我這樣毫無自信與雄心去當什麼天氣廚師，但我們也不得已跟著勤奮用功，因為沒有人願意被提早退學趕回家去，那實在太丟人了！

在訓練班我第一次嘗到想家滋味，甚至連那向來討人厭的小蝦妹，她每個禮拜都寫信問候，詳細描述她在家的逍遙日子，但又說多羨慕我能在訓練班學習「呼風喚雨」

魔術，信後總要附上一筆：「娘交代你一定要好好用功學習，成為天氣廚師光宗耀祖！」

你說我能夠被提早退學趕回家去嗎？

一天晚自習時間我偷溜出去閒逛，趕回宿舍就寢時突然聽見唉喲一聲，看見前面有位同學失足跌倒，我走過去蹲下來扶他，「你還好沒受傷吧？」我問。

「我沒事，路暗不小心絆到跌了一跤。」他爬起來拍拍身上，原來是我隔壁的小洪同學。

突然我看見他頭上原本的兩隻小綠角，竟只剩左邊一隻，我往地上看去，果然那兒有隻綠角，我走去撿了起來。

「那是我的，還給我！」小洪怒叫一聲，從我手中搶去，拔腿就跑。

我很驚訝奇怪：哪有龍角跌一跤就斷了的？而且也不流血？

第二天上課，我看見那龍角又回到小洪頭上。

他現在遠遠看見我就躲避走開，就是上課也不朝我這邊看。

3

一天龍先生一進教室便宣佈：今天我們全班大月考，每位同學都必須不看書的調製「大暑天午後雷陣雨的天氣」，不及格的就提早退學。

還好這午後雷雨的大暑天氣我不久前在書裡看過，知道要添加鞭炮製造雷電效果，但我把所有的原料都放進爐內後，卻意外聽見隔壁的小洪低聲的說了句：「你沒有加太白粉。」

太白粉？他在跟我說話嗎？我一時丈二金剛摸不著頭緒，杵在那兒。

「我沒有要害你，雷陣雨要按鞭炮量對等加入太白粉來增加雲朵濃度，要不然鞭炮一響雨就會一下子下全部下光，成了雷暴雨。」小洪依舊不朝我看的偷偷道。

害我？他為什麼要害我？——我依舊茫然遲疑。

「你這二愣子，你不加太白粉就會不及格被退學，人家是想救你呀！」他不耐煩的低罵道。

我一聽驚醒過來，趕緊重開爐蓋加入太白粉。

果然不少同學不知道這點，雷陣雨變成雷暴雨，被提早退學。

我的午後雷陣雨拿到六十五分，先生說：勉強通過，但毫無創意美感！

小洪的不但雷雨交錯，雨過天青後還現出美麗彩虹，先生大大稱讚，給了九十分。

下課後我趁無人在旁時問小洪：「為什麼要幫我？」

「因為你知道了我不是男生的祕密，但一直沒有揭穿我……」他說著不好意思低下頭。

「啊……你不……男生？」我驚訝得說不出話來。

這次換小洪大吃一驚，「你不是發現我頭上的龍角是假的嗎？」

「但我以為……我以為你是在假扮龍族呀。」

「我為什麼要假扮龍族？」

「因為……因為……」我說著沒了下文，不好意思明說：因為我娘說大家都想躍龍門當龍族嘛！

原來小洪跟小蝦妹一樣，喜歡研究雲雨學想成為天氣廚師，恰好她也有個哥哥也跟我一樣沒興趣，所以她偷偷用哥哥的名字報考。她原本是個小龍女。

解釋清楚後，她後悔得直跺腳：「早知如此，我該讓你不及格被退學！」

她雖這樣說，可是之後每次先生出題考試時，她總還是偷偷的糾正我的錯誤。就這樣我在訓練班待了快半年，直到全班五十幾個同學逐漸被退學到只剩最後十名。

龍先生說：「最後一次期末考將決定這十名中有哪五個可以順利畢業，成為真正的天氣廚師。」

考前我告訴小洪，這一次她可以不必再偷偷幫我了，她欲言又止似乎想說什麼，但最後只沉默的點點頭。

先生出的期末考題是：時速兩百里、降雨量不超過一尺的強度颱風，且颱風必須直線前進。

《天氣大全》裡雖有記載颱風的強度時速如何調製，但控制前進方向則需要靠天廚自己的經驗與創造，我完全不知道怎麼去控制方向，也反正不想當天氣廚師，乾脆把天椒、咖哩、芥末等亂加一通——讓這颱風辣得七竅噴煙嗆嗆滾！

同學按座位順序一個個拿著調製好的龍爐上台展示成果，前面的幾個，除了小敖的颱風還中規中矩地前進外，其他不是團團亂轉，就是喝醉般東倒西歪四處氾濫成災。

小洪在我前面，先生點到她上台時，我心想她一定能調製出直線前進的颱風，竟沒想到她的颱風一出爐，便像原子彈似的爆炸開來，先生嘆口氣搖了搖頭。

但這時我聞到一股強烈的咖哩、芥末味傳來，心想怎麼這颱風有點像我調製的？

小洪走回座位時我疑問的看著她低聲問：「小洪，怎麼回事，怎麼你的颱風會這樣？」但她卻低著頭不瞧我一眼。

我還想再問，但先生點了我的名字，我只好拿著我的龍爐上台。

我的颱風像個陀螺般均勻旋轉，並且直線前進。

先生大大稱讚：「這才是像樣的颱風，威風凜凜讓世人敬畏，但又不四處成災。」

結果我畢業成為天氣廚師，而小洪卻被淘汰了。

一下課我趕忙把她拉到無人處質問：「這到底是怎麼回

事？」

「我偷偷掉換了我們的龍爐。」她若無其事的回道。

「可是你不是一心想當天氣廚師嗎？」

「沒錯，但是若我真的入選當上了，我假冒哥哥的事不就會跟著穿幫了？」

我搔頭一想也對，可是……「這下子我莫名其妙的當上了天氣廚師，怎麼辦嘛？」

小洪促狹地微微一笑，「那有什麼大不了，你跟我行個禮，恭恭敬敬的邀請我當你的助手，不就什麼都解決了？」

哎呀，的確是，我怎麼就沒想到呢！

於是小洪跟著我去到臥龍湖上任，成為負責當地方圓百里的天氣廚師，不久小蝦妹也跑來了，她跟小洪兩人天天研究雲雨學，興高采烈的下廚烹調各式各樣的美好天氣——不過有時候我這個掛名的天廚也得應應景充充樣子，調製一兩天天氣。

如果你來我們這裡，剛好碰見昏天暗地飛砂走石的怪天氣，那真不好意思，肯定是區區在下小的我的「傑作」啦！

——原載二〇二一年七月十二～三十一日《國語日報・故事版》

編委的話

・**周芯丞：**

重男輕女是以前的傳統觀念，唯有男性能夠當官，光宗耀祖，但是，現在人人平等，每個人都有權利、機會參與。這樣回想起來，當時的女性是這麼的煎熬，還得接受不公平的待遇，非常艱辛，所幸，自己沒生長在那個年代，多麼心存感激啊。

・**翁琪評：**

沒想到還有「天氣廚師」這個職業！天氣廚師就像《西遊記》裡的龍王一樣能控制天氣，如果我有這樣的能力，我希望我能讓全球暖化消失，讓平均氣溫回到工業革命之前，讓各地極端氣候的現象得以終止，讓地球可以不要再因為人類發展而生病了。

・黃若華：

原本只是富有科學性的大地變換，加入廚師的角色和烹調的過程，變得更加活潑、生動、有趣。雖然沒有足夠的天分，但命運和努力會帶人們到達屬於自己的地方。生命中就是有這麼多的剛好，幫助他人成就夢想，也是一種福氣吧！

・黃秋芳：

不是那麼「盡如人意」的角色設計，在動畫般的繽紛場景裡，以一種戲劇似的流暢節奏，熱鬧、輕快地展現出一場又一場人生的荒謬相遇，逃避和追尋，天分和侷限，推拒和接納……直到在兩極游動中的我們，終於定位自己。

染葉官小妍的秋日任務

鄭若珣

插畫／劉彤渲

作者簡介

台東大學兒童文學研究所畢業，現為圖文創作者。曾獲牧笛文學獎、九歌現代少兒文學獎，目前持續小說、童話與繪本創作，為台灣文學館編寫繪本，並於《國語日報》發表故事。系列作品有《台陽妖異誌》、童話《狐狸私塾開學了》。

童話觀

童話是想像的鍛鍊場，讓書者和觀者一同練習多元感知的轉換，在閱讀和想像中，讓靈魂再度柔軟。本篇童話帶著萬物有靈的懷舊和想像，表達世界是為了人類和神靈所共同擁有、共同關懷的概念，藉此帶來一些鼓舞人心的信念。

轉換秋日的時節又到了，天上院一如往常的活動著，這段時間的季節部特別忙碌，特別是染色司的染葉官——「小妍」。

「大夥兒，秋大神將今年的秋色選出來了，快快各自認領，前去張羅吧！」司長將色牌掛在染色司的準色牆上，每個染官都迫不及待的前往領取，山嵐的靛色、秋晨的暮色；其中，小妍負責的山林葉色，總是最為顯眼。

「小妍！你的大挑戰又來了！這些顏色又亮麗又顯眼，一沒染好馬上就被發現了！辛苦啦！」負責夜色的小黑嘻皮笑臉的說。

小妍瞪了小黑一眼，他負責的夜晚天色，只需要在深黑中加入幾種接近的色料，原料也不難找。小妍看著手中的色牌，有橘紅色、橙黃與深褐色。她決定一如過往，先去風雲部問問雲伯。

風雲部的風鼓隆隆的響著，一團團的白雲正從雲爐中冒出來，一年四季的雲朵都是從這座雲爐中做出來的。幾個雲官正在製作一小塊、一小塊，秋天常見的高積雲。

「小妍！今年的虹採收得不多呦！」遠遠看見小妍，雲伯就大聲呼喊。

「今年乾旱缺雨，所以虹只收到一條，有些染官已經來了，你快去看看吧！」

「這樣啊？謝謝雲伯！」小妍趕忙前去掛虹的廣場，長長的虹條掛在竿子上，一些染官正在將虹剪開，取用自己需要的顏色。

「今年的顏色特別淡呢。」小妍取了需要的紅色，黃色和橘色。還有為了調成褐色需添加的綠色。

「而且，這些顏色的量也不太夠，怎麼辦呢？」看小妍的苦惱寫在臉上，雲伯摸摸蓬蓬的白鬍子說，「要不要去問問染坊的師傅呢？」

「對啊！我竟忘了我們最專業的師傅，謝謝雲伯，我快去問！」小妍立刻飛也似的朝染坊跑去。

「記得趕在時間內回來喔！」雲伯呼喊。

「好！」

染色司的染坊一年四季都開著，最近因應季節轉換正日夜加班，一池池的染缸蒸煮染色的原料，染坊師傅不時拌攪著這些原料，以取出更濃的顏色。

「今年的虹品質真的不太好呢，你看。」染坊師傅看著一缸染缸，裡面淹著半缸的橘色虹片，虹片很多，顏色卻淡淡的。

「不知道師傅有沒有什麼增加濃度的好建議呢？」時間一分一秒的過去，讓小妍心中有些著急。

「這樣吧，我們在製作染料的時候，有時候會混合一些觸媒劑。」染坊師傅戳戳池中的虹片，虹片像魚一樣繞著缸游泳。

「色料使用了觸媒，不僅能讓顏色的附著固定，有時候還能提煉出更深的顏色。」

「真的嗎？所以這些虹的顏色可以因為加了觸媒變得更深？」小妍驚訝的說。

「嗯，理論上是。我來找找看配方指南……」染坊師傅用長竿翻動掛在牆上的大布書，書上記錄著各種染色原料加上不同觸媒劑，將會產生的顏色變化。

「有了，能讓虹色加深的觸媒劑是——『初生的歡樂合唱』。」染坊師傅大聲唸出。

「……」

「那是什麼？」

「不知道耶，書上就只寫了這句。」

染坊師傅摸摸鼻子，那張已經五顏六色的臉說：「要不要去問問看『世音部』？」

世音部位於天上院的高塔中，整座塔是一座收錄聲音的資料館。世音部的工作是蒐集每年世界的各種聲音，分門別類蒐藏記錄，以備各種研究需要。

「初生？會是指生物的聲音嗎？」小妍往生物司的門牌走去。

「世音部生物司音訊處」的館員阿蝠有著大大的耳朵。他身後高高的櫃子編寫著年號，櫃子中收著一片又一片的唱盤。

「『初生的歡樂合唱』？人類的初生寶寶聲音是最大的，但聽起來不太歡樂。」阿蝠拿出一片灰色的唱盤，放在唱機的指針上。圓盤轉動，播出了嬰兒的巨大哭聲，激烈的哭喊聲讓兩人忍不住摀住了耳朵。

「天啊！人類的聲音總是太大，讓我的耳朵好受不了！」阿蝠趕快把唱機的指針拿起來。

「除了人類，其他動物出生時，為了安全大多安安靜靜的……」小妍偏著頭邊想邊說。

「啊！我猜我知道了！」阿蝠一躍，展翅飛過一層又一層櫃子，從最高的櫃子中取出一片帶有年輪的樹木唱盤，又飛落到櫃檯前。

「這是今年夏天蒐集的，來聽聽看吧！」阿蝠將指針放上了樹木唱盤。

「悉悉悉悉一悉悉！悉悉悉悉一悉悉！」這是今年夏天森林中的大合唱，是在土中的蟬，出土後蟬蛻，發出歡唱的歌聲，就像是以歌聲歡慶新生的生命。

「轉換生命也算是一種初生吧？太好了！麻煩阿蝠幫我轉錄！」雖然不知道有沒有用，小妍暫時鬆了一口氣。

「但願這個觸媒是對的。」小妍心想。

悠悠揚揚的蟬鳴聲，讓染坊的師傅們跟著哼起歌來。

「看起來有效喔！顏色在漸漸變深呢！」染坊師傅翻動染缸底的音樂膠囊，封存在膠囊中的蟬鳴聲，隨著膠囊融化融在染缸中。

「真是太好了！」小妍雙腳一軟，跌坐在染池中，染得滿身色彩。

風雲部的雲爐運轉震動著，風鼓隆隆的聲音正蓄勢待發。

「快點啊！小妍！就差你的了！」

雲伯站在雲爐前，看見小研駕著染車姍

姍來遲，忍不住出聲催促。

「小妍快點！時間要到了！」雲爐旁的染官們，也一起為小妍加油。

「我來助你一臂之力！」頑皮的染官小黑跑來，往拉著染車的雲羊屁股一拍，雲羊「咩！」的一驚，直直就往雲爐的方向衝。「啊！小心！」在眾人的驚呼聲中，染車中的所有染料，隨著一個翻車，全部進了雲爐。

今日的天空，突然烏雲密佈，帶來了秋天的第一場雨。雨滴叮叮噹噹的落在山野中，一片一片的葉子在雨中沐浴著，彷彿還不時的隨著節拍點頭。

雨後，滿山遍野漸漸顯出了顏色，多姿多彩的秋色。

——原載二〇二一年九月十～十一日《國語日報・故事版》

編委的話

・周芯丞：

微笑是一直都在的，即便是準備進入冬天的秋天，天上還能偶爾看見彩虹的微笑，似乎在說：「不論什麼時候、什麼地方，我一直都在。」這讓涼爽的秋天，有了一絲的暖意，此時，不管多艱難的任務，總是使命必達，大自然就是能讓身心靈療癒……

・翁琪評：

秋天總是紅與黃的世界，大自然準備迎接寒冷的冬日，用深冷的顏色來妝點世界，如果真要為秋天選一個代表色，那應該是楓樹上的那一抹楓紅吧！但是，染葉官小妍讓我重新觀察秋的面貌，原來葉子要變色，得用不同的顏色來調配才能調出鮮橙橘、檸檬黃和鮮血紅，這些顏色讓秋天活靈活現、躍然紙上，顯得如此活潑美麗啊！

・黃若華：

讓彩虹色彩更豐富、豔麗的任務，使人回歸最純樸的美好，得以放慢腳步，蒐集大自然的生命力、初生的歡樂合唱。彩虹是生命出口和大地豐富之色的象徵，不覺得在色彩的撞擊下，大地變得浪漫和歡愉許多嗎？這也提醒了人們，要用樂觀的心態去面對萬物帶來的考驗，而不是活在灰濛濛的烏雲中。

・黃秋芳：

光只秋色描摹，就在四季變化中，建構出「主體凝視」，放大細節，揭露著一個接著一個的小線索，彼此糾纏、相扣，形塑出龐大的書寫宇宙，讓人對無邊寬闊的大自然，生出無邊想像，期待看見更多的奇幻人物和更多的神祕任務。

最後一位朋友

如遇

插畫／劉彤渲

作者簡介

動畫製片，這兩年才開始嘗試童話、繪本和動畫劇本的創作，希望能用溫暖的故事擁抱世界的不完美。

個人網站：www.dreamkeepr.com

童 話 觀

童話是無所不能的，可以天馬行空，可以有哲理和詩情，可以有救贖，可以把人生寓言濃縮到一個小故事裡。童話，什麼都可以寫，什麼年紀的讀者都愛看。

1

一個身穿黑色斗篷的男人在樹林裡走著，濃密的樹蔭擋住夜空，沒有月光引路，他的腳步卻非常堅定。安靜的樹林裡，只聽得見他踩過落葉的腳步聲。

2

果園掛滿了紅通通的蘋果，滿園飄散著蘋果的芳香。

天剛亮，老婆婆就起床了。她和平常一樣先去雞舍餵雞，開心的收穫了兩顆蛋。

今天老母雞又沒下蛋，這個情況已經兩個多月了。

「沒關係，兩顆蛋就夠了。」

兒子和媳婦都在城裡工作，家裡就她和孫女兩人，一人一顆剛好。以前多出來的那顆，她都留給偶而前來借宿的客人。家裡有間空房，可以免費提供給路過的旅客休息。

「來者是客，我們都要笑臉相迎。」婆婆總是這樣告訴孫女。小女孩有氣喘，動不動就生病，她的爸媽認為城裡空氣不好，把她交給婆婆照顧。婆婆不管到哪兒都帶著她。

「乖孫呀，該是工作的時候了！」

祖孫倆一走進果園就撞見一個正在摘蘋果的陌生男人。她們並不意外，幾乎每天都有不速之客來偷蘋果。

「需要的話，儘管拿吧。」婆婆主動化解尷尬。

「真的嗎？」那人喜出望外：「那我不客氣了。」

男人抱著滿滿一大箱的蘋果離去。他的小卡車明明已經裝不下了，他還是把那箱蘋果硬塞了進去。

「婆婆照顧果園這麼辛苦，為什麼要白白送給他？」小女孩不滿的嘟起嘴。

「我們有那麼多蘋果，分一些給他有什麼關係呢？他看起來多開心呀！婆婆告訴你一個祕密，世界上有個東西是越分享越多的，那就是快樂。」

十分鐘後，那人的車因為超載，在上坡時翻車了，所有的蘋果都滾落山坡，成了麻雀的點心。

3

月亮爬上了樹梢，婆婆正在準備晚餐，敲門聲叩叩叩的響起。

小女孩蹦蹦跳跳的跑去開門，門外站著一個身穿黑色斗篷的陌生男人。

「請問我今晚可以借住在這裡嗎？」男人容貌醜陋，聲音沙啞，小女孩有些害怕，但她想起了婆婆的話，來者是客。她鼓起勇氣，請客人進門：「歡迎，請進。」

婆婆準備了三副碗筷，她把自己的荷包蛋讓給了這位陌生的訪客，邀請他一起用餐，但他拒絕了。

「要不然您帶個蘋果回房吃？」婆婆關心的問。

他搖了搖頭，面無表情的說：「我要帶走的不是這個。」

隔天清晨，婆婆去雞舍餵雞時發現老母雞死了。

小女孩很難過，婆婆安慰她：「生老病死和春夏秋冬一樣，都是大自然的循環。」

「我討厭冬天，我喜歡春天的果園，那時樹上都開滿白色的蘋果花。」

「乖孫，沒有冬天哪來的春天呢？蘋果樹睡了整個冬天，直到春風來了才把它叫醒，長出新的枝椏，陸續開花。但要等花謝了才能結果，秋天才是收穫的季節。然後蘋果樹又要迎接漫長的冬天，開始新的輪迴。」

祖孫倆為老母雞舉行了告別式。

「這麼多年辛苦你了，謝謝你讓我每天都有蛋吃。」小女孩雙手合掌，深深一鞠躬，鄭重向老母雞道謝。婆婆無意間發現，穿著黑色斗篷的男人正遠遠看著她們。

「今天，我會再住一晚。」他交代完就轉身離開。

4

每天傍晚都來乞食的流浪貓又來了，平日高傲的牠今天看起來特別焦躁。牠不停用前腳抓地板，婆婆猜牠大概快生了。

婆婆找了個乾淨的紙箱作為母貓暫時的居所，讓牠在生產過程中不會受到外界干擾。小女孩發現那個神祕的客人獨自坐在角落，她鼓起勇氣，拿了個蘋果給他。

「您餓了嗎？這個蘋果很甜喔。」

他接過蘋果，咧嘴一笑，整張臉皺成一團。小女孩從沒見過那麼難看的笑容，但他看起來沒那麼可怕了。

持續陣痛三十分鐘後，母貓產下了一窩小貓，虛弱的睡去。小女孩想摸摸小貓，被婆婆制止了。

「不能摸剛出生的小貓！我們別打擾牠們，讓貓媽媽好好休息吧。」

晚餐時婆婆還是準備了三副碗筷，把自己的荷包蛋讓給客人，邀他一起用餐。他仍舊拒絕了，但收下了婆婆的蘋果。

「我說的沒錯吧！我們果園的蘋果很好吃，對不對？」小女孩露出天真的笑容。

他點點頭，沉默的轉身離開。婆婆猛然想起，她好像見過這個穿著黑色斗篷的背影，在臥病多年的老伴離開那晚。

當天晚上，小女孩許久沒犯的氣喘病又發作了。婆婆摟著小女孩，把她喜歡的故事都為她說了一遍，又破例陪她睡了一晚。

隔天早上，婆婆發現母貓不見了，紙箱裡只剩一隻小貓在嚶嚶啜泣，其他的小貓都不會動了。

「貓媽媽去哪兒了？」

「不知道，也許牠會像平常一樣在傍晚時過來吃飯。」

小女孩小心翼翼的照料小貓，陪牠等母貓回來。可是到了傍晚，母貓並沒有出現。

「貓媽媽怎麼沒來？」

「看來牠已經開始新的旅程，不會再來了。有一天你也會像你爸媽一樣，離開果園，開始新的旅程。」

「我才不會和婆婆分開。」

「乖孫呀，生命本來就是一段又一段的旅程，我們都有下一站要去的地方，認識新的朋友，然後和他們分開。」

「婆婆也有要去的地方嗎？」

婆婆點了點頭：「等時候到了，婆婆也會開始新的旅程，認識新的朋友，或者和老朋友重聚。」

「婆婆離開的話，果園怎麼辦？」

「會有其他人來照顧果園，開始新的輪迴。」

小女孩想不出有誰比婆婆更適合照顧果園，小貓不安的叫聲打斷了她的沉思。

「貓媽媽不回來的話，小貓怎麼辦？」小女孩最關心的是這個可憐的小生命：「我可以養牠嗎？」

「你要每天照顧牠，給牠喝水、吃東西、陪牠玩，你做得到嗎？」

小女孩點頭。

「那麼，從現在起，這個小生命就是你的責任了。你要像婆婆照顧果園一樣，好好照顧牠。你要為牠付出很多努力，你也會因為這樣得到很多快樂。」

小女孩把小貓抱在懷中，輕輕撫摸牠：「我來做你的媽媽吧。」

小貓喵嗚喵嗚叫著，向小女孩撒嬌。小女孩的胸口暖呼呼的，她高興極了。

這時，穿著黑色斗篷的男人走到婆婆面前，露出難看的笑容，卻無比和藹的說：

「今晚，是我在這裡的最後一夜。」

5

夜深人靜，昏黃的燈光下，穿著黑色斗篷的男人問婆婆：「你知道我是誰嗎？」

婆婆點頭：「您是死亡，是每個人這輩子最後一位朋友。」

「我要來帶走你最寶貴的東西，為什麼你還這麼熱誠招待我？」

「來者是客，無論遇見什麼，最好的辦法就是用笑臉相迎。」果園曾經遇過風災、也遇過蟲害，婆婆那時就明白了，哭泣不能解決什麼，還不如開開心心面對。

死亡讚許的點頭：「你做得很好。那個孩子會健康長大，那隻貓和她會陪伴彼此很多年。她會像你照顧果園一樣，悉心呵護那隻貓，學會生命中最重要的功課。」

婆婆留下感謝的淚水，她頻頻點頭：「太好了、太好了。」沒有比這更好的消息了，她沒有其他的願望了。

「你不怕我嗎？」

婆婆搖搖頭。

「人們只要聽到我的名字，沒有不擔心害怕的。大家都說我醜陋、邪惡，絞盡腦汁來對抗我，為什麼你居然不害怕？」

婆婆抹去淚水，微笑的看著死亡：「我這輩子沒做過什麼了不起的事，只懂得照顧果園，但我知道花開花謝，都有它的時候。回想這一生，雖然也有不如意的時候，但我非常滿足，沒有遺憾。」

死亡恭敬的向婆婆鞠了個躬：「那麼，祝你有個好夢。」

婆婆臨睡前，像平常一樣，把屋子收拾乾淨，巡了一趟雞舍，然後來到她最親愛的孫女的房間，為小女孩說了一個故事，親吻她的額頭。

「婆婆，晚安。」她們緊緊擁抱彼此。

6

婆婆闔上眼，她在夢中來到果園。夢中的她有頭烏黑的長髮，和丈夫在開滿白色蘋果花的果園散步。

「我們該在這裡種什麼呢？」丈夫問她。

她要種什麼呢？她看著美麗的果園，輕撫著腹中的胎兒，不停問自己。等到收穫的季節，滿園盛開的花將結成香甜可口的蘋果。這裡有春風來傳授花粉，有陽光和雨水提供成長茁壯的養分，果園本來就擁有豐盛的一切，她還需要種什麼呢？她決定開開心心接受這份禮物，珍惜每一次的花開花落，盡可能去分享這份祝福。

她輕輕握住丈夫的手，滿足的說：「我們什麼也不種，除了愛和溫柔。」

隔日清晨，小女孩發現婆婆永遠睡去了。婆婆面帶微笑，看起來無比安詳，小女孩知道，婆婆已經開始一段新的旅程了。

本文榮獲二〇二一年吳濁流文藝獎兒童文學類貳獎

編委的話

・周芯丞：

死亡是大家最不想，最難以接受的事實，會讓人傷心欲絕、淚流不止。自古以來，生離死別是人生中學習的課題之一，始終都會發生的事，對於我而言，能讓最愛的親人脫離病痛的折磨，才是學會了真正的放下，並能感受真正的意義。這次棘手的疫情，有許多人因此離開人間，我想，這篇文章適合現在情況的正向思考吧……

・翁琪評：

老婆婆用微笑面對每件事情，覺得自己的人生了無遺憾，在死亡時的夢中過著美好日子。這讓我有些感傷，我們在人生最後時刻，是不是也能用微笑迎接死亡呢？

・黃若華：

人們在疫情之下，只能慌亂度過，遺忘了時間長河中那些重要的碎片。當死亡如雨點般打在人們身上，我們是否還能夠笑著面對？回想自己的一生，只要有使我們快樂、歡喜的回憶，一切不就值得了嗎？死亡並不是生命的句點，而是開啟新的生命創造和旅程的起點。如何平淡的見證死亡、或如何毫無牽掛的離開人世間，特別凸顯出今年格外需要面對的課題。

・**黃秋芳：**

死亡在許多文化中經常成為禁忌，也常與鬼怪、懲罰、地獄等負面聯想連結在一起。無論我們再怎麼逃避，到最後都得面臨生老病死的衝擊，透過童話描繪出來的不同面向，成為溫和理解的橋樑，從而創造出各自的解釋，並且找出因應方向。

主編的話

童話如詩，現在的我們很珍惜

黃秋芳

1 傘，一朵又一朵愛作夢的花

一直相信，創作會推動著、或者是拉扯著論述往前走。想要產生這樣的推力和拉力，最強大的力量來自於大量而多元的作品。

編選五年的童話選，越來越習慣把「應該做」的公務閱讀，當作「喜歡做」的整體耙梳。訂了《國語日報》，收錄一百三十五篇童話，系列作很多，孩子們印象最深刻就是「我要活下去──動物求生奇蹟」；《更生日報》由不同的作家推薦，選了四篇；感謝陳玉金提供專業雜誌《火金姑》，不容易在熱門媒體出現的〈第一次慢遞〉，對照快遞，有一種慢火的情調，激盪出小評審的美感撞擊；永遠的兒童節降生天使謝鴻文，提供兒童期刊《小鹿》、《未來兒童》、《國語日報週刊》共五十九篇，提供了豐饒的滋養；辛勞的欣純準備文學獎作品十七篇；我參與「桃園鍾肇政文學獎」和「台中文學獎」，帶回決審作品九篇；「台灣童話櫥窗」主題邀稿，收納了十二篇各界好手的體系書寫，這一年的評選，總計評閱了兩百三十六篇傑出迥異的創作風景。

編選童話時，我習慣先看到作品的「**溫度**」，任何作品，起點就是純粹的感動，「感動」超過了「議題」，才能帶來詩意和象徵，每一篇童話閱讀，終究要回歸生活、面對生命，作品有沒有呈現出溫度，就決定了它是不是好作品；在區別優劣時，我特別在意「**廣度**」，它是不是我們很常看見的稿子？譬如說，**常見的字音、字形和成語拆解，那是「趣味的語文學習」，而不是「文學的童話」**；最後是「**高度**」，孩子透過閱讀，一點一滴，在心裡建構成生活下去的支撐和價值，這時，童話已然不只是兒童文學，而是從九歲到九十九歲都會被撞擊的感動和深思，形塑出一種新的生活美學。

不過，如果只有「**現在的果實**」，童話的可能，還是限縮在「可以想像的現在」，而不是「無從侷限的未來」。每一年接手童話選編務，提出初審表後，我就把所有的討論都交給小評審。透過「台灣童話櫥窗」的主題邀稿，讓新竹和中壢地區的孩子們自由提出評論，在九月間提出小評審初選名單，從多元的土壤中選拔出「**未來的種子**」。

平日最喜歡閱讀、書寫的顏妤蓁，渴望成為一名作家。當她一聽說創作坊將舉辦小評審甄選活動時，眼睛發亮，想到自己可以第一手看到好多童話，很過癮！立即主動報名參加甄選。沒想到，五月中旬，當台灣捲入世界性的「封城」恐慌，三級警戒的震撼如雨，實體課程全面停止，我們收到訊息：「嗨！老師，想請問今年的小評審甄選活動，還會繼續嗎？參加的方式能抽空說明一下嗎？謝謝您。」

疫情，動搖了好多人，不安和恐懼擊潰了各種各樣安穩的秩序。沒想到，閱讀，成為最堅固的支撐傘，守護著一朵又一朵愛作夢的花，自由綻放，看七年級的妤蓁堅定站在文學邊緣，惦記著「小評審甄選」這件事，讓我們一起感受到無限歡喜。確定甄選繼續進行，妤蓁立刻在「台灣童話櫥窗」https://mypaper.pchome.com.tw/joyhi5877/category/46 點選閱讀，率先寫下自己的評論；妤蓁的好朋友，同樣七年級的吳晨語，喜歡編故事，也樂意為生活加入新的體驗，平常參與兩個管樂團，非常忙碌，還是積極爭取小評審甄選，新竹地區的初選，很快確定了妤蓁和晨語。

中壢地區在實體課正式開學後，列印出「台灣童話櫥窗」作品，讓孩子們在課堂上閱讀、評論，把參與鋪天蓋地的「海選」，當作一場歡愉的創作嘉年華；再依據年級和不同的閱讀偏向，挑選出五年級的黃子睿和周芯丞、六年級的翁琪評和七年級的黃若華。確定初選入圍時，六位「準小評審」

都獲贈一套《一〇九年童話選》做「小編輯職前訓練」，晨語微笑說：「老師，這套書我們家有買唷！」

原來，這孩子早已靜靜研讀這套書，做為參選前的熱身準備，讓人特別驚喜。嶄新的童話選編輯旅程還沒開展，熱情的孩子們，緊抱著夢想掙扎、奮鬥，所有的作品像「童話傘」，撐開一種神祕的生命魔力，讓我們在不知不覺中經歷魔法擺渡，在破碎難堪的現實中，看小評審們一路隨著繁花勝景起舞，相信總有一天，我們都將過著「幸福快樂的日子」。

2 燈，夜裡的小太陽

初選六位，從性別看，兩男四女；從年級看，兩位五年級、一位六年級、三位七年級。為了多元選材，六年級男孩翁琪評，在一大片熱鬧派評論中，以簡單、冷清的觀點，率先入選。五年級的並比，子睿喜歡畫圖，熱情又充滿活力；芯丞安靜，面對所有做不到的困境，總帶著一種獨特的專注解決問題。因為九月才開始閱讀，時間短，工作量大，最後我選了抗壓力十足的芯丞，天真的子睿並不沮喪，讀完《一〇九年童話選》後，還開心的借閱創作坊孩子們編選的《九十五年童話選》、

《九十六年童話選》、《九十七年童話選》，當作歡樂的文學遊戲，直到旁觀三位小評審的決審會議時，才充滿羨慕的說：「我也好想參加決審會議啊！可以為喜歡的作品拉票。」

七年級的選拔最辛苦，妤蓁文采燦爛，晨語深邃嚴謹，若華堅持奮鬥，一時很難抉擇。直到我們在疫情驟變中，發現若華在三級警戒時，協助母親為深受三級警戒重挫的整形診所做線上調整，並且為了減少支出，擔負起家庭的清潔工作，這樣「勇於承擔」的人格特質，也許和文學評比無關，卻是未來非常需要的人才。心理學家韋斯曼（Richard Wiseman）在《幸運配方》（*The Luck Factor*）書中，描述幸運的人大多展現類似的態度與行為：能創造機會、察覺機會，懂得聆聽直覺，保持正面心態，不被厄運控制；在創作坊，我們堅信的幸運配方是：**無可救藥的樂觀**、**持續學習的進步心理**、對任何事物保持**開放的心態**、不放棄夢想的**耐心**和一種「**將自己貢獻給世界**」的信念。

當我們樂觀、熱情、開放而充滿理想的將自己的一輩子貢獻給世界時，世界回報我們的，就是一次又一次難以想像的幸運。最後選出芯丞、琪評和若華，童話評選開跑。每個孩子都得在三級警戒後的四個月間，做好時間規畫，密集閱讀、評分、討論、交流，致力成為一盞守護未來的燈，在夜暗來臨時，以自己的光和熱，無懼，無悔，化為照亮世界的小太陽。

二〇二一年十二月中，針對「台灣童話櫥窗」主題邀稿，完成第一次決審會議。小評審們在九月評審海選時，寫過一次「初步印象」；結集前，準備作品評論，重寫第二次；開會前重新省思再做修改，芯丞交了定稿後還重寫一次；最後在年度獎辯論前，他們先寫下心目中的前三名，透過會議申論，相互滲透，確定年度得獎人王淑芬後，再把評選過程寫成更深入的說明。

二〇二一年底，第二次決審會議。因為想找出「兒童觀點的未來可能」，我一開始就先說明：「這是本**兒童編給兒童看的童話選**，成人只有投票權，沒有討論權。」

小評審循著正式文學獎的評審規格，先提出自己的童話觀，理解每一個人在審稿時不同的切入點，凝聚必要共識；再並置所有評審從「◎」、「○」、「△」、「×」預先投票的初審表為準，從四個雙圈作品談起。因為在四個月內塞進太多作品，大半作品幾乎都忘了，只有〈天氣廚師訓班〉、〈一日青蛙〉、〈離家出走的小毛豆〉、〈等公車〉和「我要活下去──動物求生奇蹟」系列十二篇，大家都印象深刻，排除已入選作家施養慧的〈一日青蛙〉後，大家在吳燈山的系列作中提出喜歡的作品，最後選出〈夜光蟲和藍眼淚〉，確定第一輪入選。

為了在接下來的討論有所根據，孩子們自動自發找出「四個雙圈」、「三個雙圈」和「兩個雙圈」的作品，重新閱讀。翻閱著一疊又一疊報紙、雜誌、文學獎結集和影印稿件，隨著更多元的深入討論，初審表上的圈選被推翻了，很多只「領」了兩個雙圈和一個雙圈的作品重新被看見。

清空的桌面擺滿「**入選**」、「**淘汰**」和「**考慮一下**」三個作品區。四圈的〈圖書館的小書〉、〈現在是鯨魚時間〉、〈神奇寶被〉和三圈的〈星期天不能生病〉、〈染葉官小妍的秋日任務〉、〈茶壺與小花〉，大家都印象深刻，率先入選；考慮中的作品籃也裝載著〈穿格子襯衫的巨人〉、〈牛角尖探險〉、〈青果子上學記〉、〈趕樓的人〉、〈大熊的冬日計畫〉〈灰姑娘的幸福〉、〈I LOVE YOU 猴子〉、〈四個月亮〉、〈一隻不會織網的蜘蛛〉、〈龍血樹〉、〈我也有條碼喲！〉、〈金色毛髮，變！變！變！〉、〈賣春天〉、〈龍鬚〉、〈第九百九十九〉和〈最後一位朋友〉。

小評審做了整體檢視後，排除已入選作家鄒敦怜的〈我也有條碼喲！〉；保留〈**天氣廚師訓練班**〉、〈**夜光蟲和藍眼淚**〉。繼而決議把〈離家出走的小毛豆〉、〈等公車〉、〈圖書館的小書〉、〈現在是鯨魚時間〉、〈神奇寶被〉和〈星期天不能生病〉拉下來，和「考慮中作品」大PK，看得我目瞪口呆，只覺得真實的人生比小說還曲折。

3 微笑，一彎窄窄的船

考慮中的文學獎作品，續航力很強。小評審在相似中區別差異，表現出驚人的準備和見識，並且在各種議論中迸現出擦撞的火花：「〈向海許願〉的環保寫得很精采，只是，會不會說得太多？」、「〈龍鬚〉和〈第九百九十九〉都是龍，只能留下一篇。但是，〈第九百九十九〉擁有更強大的力量。」、「〈I LOVE YOU 猴子〉很討人喜歡，但是，娃娃機的自由意志，去年派大叔寫過了。」……

「今年的公主是不是太多了？去年的〈打呼公主〉，我就不太喜歡。」有人丟出公主疑慮後，剛承接家庭清潔的若華立刻「死守」〈灰姑娘的幸福〉：「這個公主不一樣，她開了清潔公司，應該算是總裁。」

「〈星期天不能生病〉太可怕了，淘汰吧！如果你變成妖怪，爸爸媽媽還能擁抱你嗎？」琪評不喜歡妖怪作品。芯丞力保：「這是這一年特別有創意的作品，不如拉掉〈神奇寶被〉，這和〈等公車〉都是在大拼盤中表現溫暖，留下一篇就夠了。」

「如果想要表現創意，要不然選〈鬼屋阿克〉好了，鬼沒有妖怪那麼可怕。」經過琪評一提，鬼屋就從不曾在考慮中的選項中跳了出來，大家都笑了！若華忽然也提出：「〈穿格子襯衫的巨人〉其實就是盤古，如果講究經典翻新的創意，要不要考慮〈金色毛髮，變！變！變！〉？寫孫悟空的作品很多，這篇很特別。」

因為不斷的入選推翻、不斷的敗部復活，現場太亂了，我不得不跳出來「維持秩序」，釐清入選作品。第一輪，確定〈夜光蟲和藍眼淚〉、〈天氣廚師訓練班〉、〈染葉官小妍的秋日任務〉、〈茶壺與小花〉；在大PK並比討論中順利入選的是：〈離家出走的小毛豆〉、〈灰姑娘的幸福〉和〈神奇寶被〉；第三輪的選擇是「文學獎激戰」，〈第九百九十九〉和〈最後一位朋友〉勝出！最後，忽然被提起的〈鬼屋阿克〉、〈金色毛髮，變！變！變！〉，竟有機會和一開始就入列的〈等公車〉並置，實在太幸運了。

旁聽過五年小評審的交鋒，從不曾遇到榜單像這一年的「上」了又「下」，「下」了再「上」，很快又並置對照，像洗衣機似的滾個不停。尤其當〈金色毛髮，變！變！變！〉這篇作品跳出來時，我的心，幾乎要衝到喉嚨口。孩子們只看作品，不知道作者是誰，可是我知道，這是照顧創作坊十幾年的文學家房東呢！因為太緊張了，我只好暫時離席，喘了幾口氣，直到確定入選時，真的好開心啊！

在孩子們的確認與翻轉中，我發現一個「成長的祕密」。想要長大，首先，**大量閱讀**；接著**確立信念**、**評價優劣**、**區別差異**；而後才能理解**自己的標準**，**不是唯一答案**，**更不是最後結果**，這樣就可以看見巨大的進步。

芯丞特別喜歡的〈星期天不能生病〉，實在也是我的「優選」，忍不住提議：「如果有作品未能取得授權，這篇就候補，大家也要記得寫評語唷！」

確定十二篇作品入選後，過午，近一點了，看著餓壞了的小評審，我趕忙交代：「老師去買便當。你們先把這十二篇作品分成三卷，區別出前後順序。大家都這麼喜歡吳燈山的系列作，今年的年度推薦，是不是就選〈夜光蟲和藍眼淚〉？」

「我們要討論！」很難想像，買個便當回來，決審會議就落幕了。全書分為三卷，從「**傘，一朵又一朵愛作夢的花**」出發，表現人生的奮鬥和逆轉，充滿勇氣；接著在「**燈，夜裡的小太陽**」鍛鑄溫暖，我們都在艱難的世代學會相互照亮；最後的「**微笑，一彎窄窄的船**」，綜合了天地四時，在生命的艱難遞移中，找到安住的美好。最初只得了一個雙圈、慢慢在討論中被放大的〈最後一位朋友〉，竟成為最後的「**年度推薦童話**」，不必然是最好，但最適合此時此地的我們共讀，形塑出屬於我們的集體記憶。

孩子們在餐後打開兩盒 Amo 的達克瓦茲，一邊甜品、一邊苦思，十三篇入選作品，各自「分」了幾篇帶回家，其他的都得做「評論小抄」，想辦法在年度結束以前交稿。看著認真「趕進度」的小評審，我跟著檢視這一年我很喜歡、最後沒入選的作品。去年入選兩篇的《小鹿》雜誌，刊出陳啟淦切入點很特別的〈歡迎光臨蟑螂屋〉，可惜，今年的小評審「歧視」蟑螂和豬；孩子們說太多了的公主群像裡，我特別喜歡王宇清的〈鐵國王的春天〉，帶著點清朗的寬闊；劉碧玲從高爾夫球發想出〈一顆從天而降的蛋〉，很可愛！康逸藍年年交出童話小品，〈排隊的雲〉和〈木乃伊葉子〉都帶著詩的情韻。

約定一月三日交稿，元旦一早，收到芯丞的編輯小記，從想像接生出無限力量，這可能是她這輩子第一次最難忘的「跨年儀式」；若華凝視內心從無到有的「評審暴雨」，最後在學習與整理中，擁抱了永存的書香；忙著私中應考的琪評，指出「有些作品初選很受歡迎，在會議時卻完全沒印象；作品的印象越深，越有可能入選」，擦亮了評論和創作上的盲點，每一天聽孩子們辯論，都覺得，嬉鬧搞笑容易褪去，孩子們反覆關注的，都帶有溫暖緩慢的情調，一天比一天烘焙出更多滋味的生命詩意。

小主編的話1

想像力的無限力量

周芯丞

童話最不可缺少的，就是天馬行空的想像力，有時溫暖心靈，有時感傷動人，猶如自己置身於奇幻現場，總總都是想像力一點一滴的力量。

這段時間，讀了許多篇好作品，要選擇心目中的排名，重複閱讀了細節，感受故事的起伏，**我注重的是文章「結尾」**，如果正讀得津津有味，正深深的融入情境，就在關鍵時刻，這時卻出現一個令人失望的結果，剎那間，感覺前面好像都化為泡沫，前功盡棄的無力感，彷彿一盆冷水瞬間澆息了熱情之火，假如是一個令人意想不到的結局，就會讓心裡湧起一連串的漣漪，印象特別深刻，整篇文章精彩無比！

在評選過程裡，我們小評審個個表達自己的意見，激烈的討論。其中〈星期天不能生病〉和〈神奇寶被〉一直無法選出入選作品。我支持〈星期天不能生病〉的原因是，生病的話會變成怪獸，想法奇特；平常很內向的琪評認為〈神奇寶被〉傳統而溫暖。我們的辯論氛圍，瀰漫著濃濃火藥味，兩人激動的捍衛著，眼見即將失控，琪評忽然站起來抽走我的稿子丟進「廢稿箱」，場面最後變得爆跳又爆笑，也讓我見識到他對作品堅持的模樣，增添一小段趣味，在這次評選中，別具意義，同時也特別難忘。

時間飛快，一下子，老師就為我們準備午餐。這時，我們要將作品分成三疊，並決定年度作品推薦。因為各有特色，大家意見分歧，就像〈最後一位朋友〉，每個人對死亡的看法都不同，宇宙間，生老病死是不變的原則，老婆婆能勇敢的提起與適時的放下，用最理智的心接受死亡，解脫了也卸任了，為自己留下最圓滿的樂章。最後產生共鳴的原因是：「死亡是人生中，最難的學習課題」，所以小評審將「**年度推薦童話**」這寶貴的一票，一起投給〈最後一位朋友〉，日後一定還有更多的好文章，不斷的被發現且廣大的分享著，為讀者帶來更多的影響力。

閱讀時，我漸漸發現，感受作者寫作的呈現方式，連結了整篇文章的畫面，因此，讓我注意到自己的作文，是不是也會有類似的感受？是不是也有注入想像力？也有萬花筒的千變萬化？

這次參與小評審期間，抗壓性變得更有深度，學習有了多元的方向。對我而言，機會不會常常有，當它來臨時，就要抓住，像這次一樣，確確實實的有了豐富學習。小主編，成為我的個人年度學習印記，記錄了五星級的篇章。感謝秋芳老師給予我們在創作上的自我發揮，用心付出，縱使想像力消失得無影無蹤，世界上變得毫無目標、毫無希望，就算如此，我仍相信還會有一個小角落，匯集了一些光芒，那些光芒，正創造無限的未來。

無限的想像力，無限的力量。這些力量猶如聚寶盆，如同火把帶來希望之火，光明照亮天空、溫暖照耀大地，總有一天，能讓一切重新來過……

小主編的話2 採集生活中的童話點子

翁琪評

現在回想起那時發生的所有事情，總會讓我覺得彷彿置身在夢中。輕飄飄的心情，驚奇的旅程，就像愛麗絲夢遊仙境一樣……

還記得，九月初創作坊開學，秋芳老師在上課時說明關於小評審的甄選，聽起來頗有難度、但又有點吸引人，在我心裡形成兩股力量在拉扯，一個是：「不參加太可惜了吧！」；但另一個聲音卻說：「當小評審挺麻煩又花時間，我已經六年級了，很忙耶！」然後，我一直糾結到所有同學都評完文章、下了課、回家了，我還在猶豫，到底要不要填下「參加初選」的志願？這時，秋芳老師應該是看到猶疑不決的我，更詳細地介紹擔任小評審該做的事情，就是這臨門一腳，讓我聽從內心的聲音，決定參與小評審的甄選。

確定擔任小評審的過程中，我們每週都帶了一大疊報紙文章回家閱讀，在評審表裡填入每篇文章的分數，最後才能海選出十二篇最有趣的文章。於是，我透過大量的閱讀、記錄與書寫，練習把腦袋瓜裡天馬行空的幻想和生活經驗的實際感想，轉化為文字，書寫在一篇篇童話短評中。

在評審時，**我最重視故事中的「取材」**。如果取材內容過於平凡，會讓我覺得故事劇情有似曾相識之感，甚至無法在劇情開展的過程中找到趣味，進而失去繼續往下閱讀的興趣。相反的，若是故事題材新鮮，劇情鋪排有令人驚喜之處，我就會給予較高的評價，其中，我最喜歡且印象深刻的文章是陳志豪的〈離家出走的小毛豆〉，透過一顆離家出走小毛豆的視角，敘述一隻命運多舛的穿山甲，居無定所，且因為人類的各種惡行而遍體鱗傷，如：被捕獸夾夾斷手、被車子撞到，還有賴以維生的棲地被人類夷為平地等，這些凸顯了野生動物在台灣經常被有意無意的不友善對待，與其衍生的生態保育問題，在我看來特別有感，因為，我經常閱讀與野生動植物相關的書籍，也常上山做自然觀察，生態環境的保育行動真的刻不容緩，不然會有越來越多受傷與無家可歸的野生動物啊！

開小評審會議時，我們會先從有最多被圈選數的作品開始，作品給我們的印象越深，就越有可能入選，但也有作品起初的被圈選數很多，可是在會議時我們卻完全沒有印象，這樣的作品就會被忍痛割捨。討論時，我和芯丞意見分歧，我支持〈神奇寶被〉，但她卻支持〈星期天不能生病〉，我們就開始互相拉票，但被夾在中間的若華也不知道該選哪個作品，就這樣僵持不下，兩邊氣勢相當，誰也不肯退讓，那時我可能情緒失控，直接動手把〈星期天不能生病〉丟到淘汰箱，後來芯丞三番兩次想把〈神奇寶被〉換掉，卻都被我制止了。現在想起來真的非常對不起她。最後，在討論「**年度推薦童話**」時，原本以為意見會有所不同，沒想到，大家都毫無異議的贊成是〈最後一位朋友〉得到此殊榮，真是英雄所見略同！

在這幾個月的小評審參與過程，我就像愛麗絲在仙境夢遊，總會在某個轉角就無預期的發現新奇有趣的現象。有時是在閱讀中更新自己對某事的概念；有時是從無到有的獲取新知。在不斷的文字輸入與輸出之間，從前我腦海裡有時很混亂和難以言喻的感覺和想法，能有機會練習慢慢的耙梳與整理，雖然有時候會因為寫得詞不達意而被老師退件，但在反覆練習中，讓我對文字的掌握能力更上層樓，我想這也是當初秋芳老師推我一把的用意。

很感恩老師的用心，也謝謝兩位夥伴的照顧與容忍，很高興人生中有這樣的寶貴經驗。

小主編的話3

暴雨暫留，書香永存

黃若華

當初坐在教室裡評選文章，交出作文簿前也沒多想，便在本子上標上「想參加初選」的記號。心裡想著：「就參加吧！」沒想到那時跨出的這一步，為我的這一年帶來前所未有的撞擊。

剛開始評選時，抓不太到標準，擔心自己會給出太低或太高的評分。直到看了〈第一次慢遞〉，文中描寫真的很美，用時間的快與慢，帶出人情堆疊，觸動了我的心，這也為我的評分標準奠定下了基礎。一篇好的童話，並不只是極具童趣、想像力，更重要的是能靠文字使人聯想畫面、有所共鳴。讓每一位讀者的內心都能被觸動，產生與自我經驗的連結。無論喜怒哀樂，都能在腦中泛起陣陣漣漪，久久都無法忘懷。

小評審這個任務，讓我有機會閱讀海量的文章，我也了解到一些準則和問題。例如長篇文章，很容易使讀者感到疲乏，最重要的是，要有意想不到的轉折和創新的點子。選用的題材也非常重要，像是蟑螂、豬等生物很容易被評審「打槍」，甚至是因此遭到淘汰。我在這個過程中也學習到很多，看見不同作家如何在敘述同一件事或物品時，加入自己的見解和想法。我也學到如何用文字把自己的想法完整敘述出來。

會議當天，秋芳老師為了讓我們獨立討論，出去幫我們買便當，留我們三位小評審自由協商。我們依序將入選作品挑出來，大家也都沒有太大衝突。直到我們要選出〈星期天不能生病〉或〈神奇寶被〉時，火山就這麼爆發了！一方說：「如果你起床後變成怪獸，你的家人會把你趕出去吧！」，另一方又說「這個取材很特別啊！」就這樣爭論不休。我在一旁笑到肚子快破了，他們倆突然看向我：「那你覺得呢？」

彷彿兩支槍抵在我的身上，一時不知道該說什麼。尤其原本害羞又沉默寡言的琪評，一開會就秀出廬山真面目，根本不是同一個人。

人們原本以為，疫情很快就會結束了，沒想到更大的挑戰正等著我們去面對。生命和歡笑不斷從我們身邊離去，人們也不得不面對「死亡」這個課題。有人選擇安詳的離開人世、有人選擇帶著怨恨與家人永別，無論怎麼想，最終的結果終究不會改變。花兒從最初的冒芽、長出嫩葉、花朵盛開、甚至最後的凋謝，這每一個過程都充滿著喜怒哀樂和意義，難道我們要選擇在落地歸根時懊悔自己沒多享受一些嗎？

生命的休止符並不掌握在我們手裡，唯一能做的就是像〈最後一位朋友〉中的老婆婆，懷念那些快樂的事，滿足的和人世間道別，格外能代表這充滿死亡和悲傷的這一年。我們選定「**年度推薦童話**」，希望大家可以微笑面對一切，成為把人們從痛苦抽離的解藥；同時，也希望大家不再外出到處暢遊、不再追逐身在人潮中的熱鬧，開啟在家中的經營和追尋，不再希望時間趕快過去、慌亂度過每一天，而是細細品味生活的美好，透過童話，回到最初的港口，為這一路上的風景，重新注入靈魂。

我喜歡讀書，紙張散發的香味就如同盛開中的花朵，令我如痴如醉。童話也成了在這場暴風雨中唯一的晴朗，溫暖著每一個不論是受疫情干擾，還是在人生的道路上面臨抉擇，或甚至是遭到背叛欺騙的人，敲碎禁錮他們的枷鎖，且能再度看見希望的曙光。透過閱讀，我也在繁忙的國中生活中重拾曾經的熱情，為自己想清楚，為了什麼而活、為了什麼而努力前進、為了什麼而不向世俗和社會低頭。如今要交棒了，把這份「散播溫暖的任務」傳遞出去，難免有些不捨，但我相信一定會有一位和我一樣的人，抱著滿心的熱血和責任感接下任務，把幸福繼續延續。

到了一年尾聲，這個被疫情摧殘的一年，對我們來說，都是特別的記憶碎片。相信每個人都有不同的體悟和成長，有了機會深度體會生活，捕捉片刻的美麗，也期許每個人都能在閱覽童話的過程中，踏上夢想雲端，看見自己所追尋的絢麗彩虹和溫暖太陽。

希望這本書能照亮每個面臨黑暗和暴風雨的人，飄散出同樣使人著迷的香氣，讓文字的韻味，永留於你我心中。

美麗的尾聲，談談這一年的小變化

黃秋芳

這一年因為三級警戒，還要經過初審評選，看起來有四個月做準備，小評審真正看稿的時間，其實壓縮到僅剩三、四個月，芯丞精準的時間控管，以及跨年寫作的「儀式」，簡直預言了「樂在工作」的未來；若華不斷在英文競賽和童話評審中拉鋸，知道自己不能兼顧，所以必須學會選擇與割捨；琪評綑縛在私中考試的「緊箍咒」，雖然最晚交稿，卻細膩詮釋出自己的愛麗絲旅程，留下動人的年度記憶。

三位小評審背景歧異，個性差異很大，看作品的角度也很少重疊，這麼多的差異性，在最後評選出來的作品，共識卻又特別一致，可見，入選的作品確實呈現了多面向的可能。

這一年，把從《一〇六年童話選》衍化成兩本以後滋長出來的「小主編推薦獎」，轉成「年度推薦童話」。九歌年度童話獎，確實是難得的殊榮！不想再區分成大主編或小主編，重新匯流成唯一。〈最後一位朋友〉，確實是小評審鄭重推薦不容錯過的「年度推薦童話」，還是要再次確認，一一〇年度的九歌童話獎得獎人，只有王淑芬一人。

最後，還是要分享一下，我們都很喜歡的〈星期天不能生病〉，期盼看到陸利芳更多的作品。

周芯丞：星期天是大家開心、放鬆的放假日，在這天生病的人，不只可憐，還變成了怪獸，令我十分驚訝不已！怪獸沒有人親眼看過，只是童話中一小段想像力的橋段，有凶狠的眼睛、巨大的牙齒、如雷般的聲音、猙獰的面目和魁梧的身材，牠是讓人感到極度害怕的，外表雖然是如此嚇人，但面惡心善、有一顆愛著大家的心。

翁琪評：因為生病變成怪物後，還可以在大街上自由的奔跑，對照現在的我們，疫情肆虐，雖然沒有真的生病，但是人人都戴著口罩出門，更不必說戴著口罩奔跑了，真希望疫情能趕快結束，回到過去那樣不必戴口罩的的生活。

黃若華：星期天是孩子們最珍惜的日子之一，看到會變成妖怪的設定後，不自覺笑了出來。真是充分體現了孩子們的心境呀！其中進入不同時空、在大街上以怪獸之姿奔跑、遇見鄰居也變成妖怪等，一切都是如此的天馬行空、取材也相當有趣。

黃秋芳：文字有時像精靈般的輕巧穿越，沒有太過聚焦的議題，只是透過純真視角，描繪出歡愉的詩意，讓人想像不到的精緻創意，引出一種「其實也說不出為什麼」的純粹感動，只想任性的宣告：「好喜歡！真的很可愛。」

九歌一一〇年童話選之現在很珍惜

Collected Fairy Stories 2021

國家圖書館出版品預行編目（CIP）資料

九歌一一〇年童話選之現在很珍惜 / 黃秋芳主編 ; 李月玲 , 吳嘉鴻 , 許育榮 , 劉彤渲圖 . -- 初版 . -- 臺北市 : 九歌出版社有限公司 , 2022.03
面； 公分 . -- (九歌童話選 ; 24)
ISBN 978-986-450-414-5(平裝)
863.596　　111000998

主　　編——黃秋芳
插　　畫——李月玲、吳嘉鴻、許育榮、劉彤渲
執行編輯——鍾欣純
創 辦 人——蔡文甫
發 行 人——蔡澤玉
出　　版——九歌出版社有限公司
台北市 105 八德路 3 段 12 巷 57 弄 40 號
電話／ 02-25776564・傳真／ 02-25789205
郵政劃撥／ 0112295-1

九歌文學網　www.chiuko.com.tw

印　　刷——晨捷印製股份有限公司
法律顧問——龍躍天律師 ・ 蕭雄淋律師 ・ 董安丹律師
初　　版——2022 年 3 月
定　　價——300 元
書　　號——0172024
I S B N——978-986-450-414-5
9789864504213（PDF）

本書榮獲 台北市文化局 Department of Cultural Affairs Taipei City Government 贊助出版